AF201260

SEGELMANN

„Ich habe noch eine Frau kennengelernt." – Susanne und Martin, seit fünfzehn Jahren verheiratet, führen ein geregeltes Leben in einer norddeutschen Kleinstadt. Er ist Zeitungsredakteur, sie gibt Literaturkurse und arbeitet zeitweise in einem exklusiven Damenschuhgeschäft. Es ist ein sicheres, harmonisches Leben. Ein wenig eintönig vielleicht, aber glücklich. Das glaubte Susanne zumindest. Und jetzt das. Martin hat sich verliebt in eine weitere Frau. Doch nicht nur das: Martin will sowohl seine Ehe weiterführen als auch mit seiner Freundin zusammen sein. Susanne ist außer sich. Mit einem Schlag scheint ihr gesamtes Lebensbild zerstört zu sein. Wie oft hat sie im Schuhgeschäft ihren Kundinnen zugehört, wenn sie über ihre Probleme mit ihren Partnern sprachen. Wie fest hat sie immer geglaubt, dass in ihrer eigenen Ehe solche Komplikationen gar nicht existieren würden. Plötzlich muss Susanne so mancherlei in einem ganz neuen Licht betrachten. Ist es tatsächlich möglich, zwei Menschen gleichzeitig und mit derselben Intensität zu lieben?

Frauenschuh bietet vor der Kulisse eines Damenschuhgeschäftes anhand unterschiedlicher Frauentypen eine bildhafte Auseinandersetzung mit den Themen Glück, Liebe und Beziehungen.

Inge Kleinschmidt

Frauenschuh

Roman

Bibliografische Information der Deutschen Nationalbibliothek
Die Deutsche Nationalbibliothek verzeichnet diese Publikation in der Deutschen Nationalbibliografie; detaillierte bibliografische Daten sind im Internet über http://dnb.d-nb.de abrufbar.

2. Auflage 2019
Copyright 2019 by Segelmann
Herstellung und Verlag BoD – Books on Demand, Norderstedt
Alle Rechte vorbehalten
Umschlag- und Einbandgestaltung Dieter Hansmann
Printed in Germany
ISBN: 9783750409231

Inge Kleinschmidt

Frauenschuh

Sie heißt Susanne und ist ein Mensch wie alle ihre 6.834.213.000 Mitmenschen, die die Weltbevölkerungsuhr in diesem Moment anzeigt. Mit ihrem Alter von zweiundvierzig Jahren zählt sie zu den ungefähr 400 Millionen Frauen im Alter zwischen vierzig und fünfzig, die von der Bevölkerungsstatistik zahlenmäßig erfasst sind. Dass Susanne, eine weiße Frau in Westeuropa, um genauer zu sein, in Deutschland, in einer kleinen Stadt mit 50.000 Einwohnern, in einem kinderlosen Haushalt mit ihrem gleichaltrigen Ehemann lebt, unterscheidet sie wiederum von einer Vielzahl Frauen ihrer Altersgruppe. Ihre persönlichen Eigenheiten wie das dunkel gelockte, kinnlange Haar, die grünen Augen, ihre Größe von 1,72 Metern, ihre Tätigkeit in einem Damenschuhgeschäft grenzen sie nunmehr von einer kleineren Menge weiblicher Zeitgenossen ab, sodass unter Berücksichtigung unzähliger Merkmale letztendlich Susanne als einmaliger Mensch, als unvergleichbares Individuum übrig bleibt.

Zusammen mit ihrem Ehemann Martin zog sie vor ungefähr fünf Jahren in eine Kleinstadt, wo er eine führende Position in der regionalen Tageszeitung annahm. Susanne fand hier noch keine feste Tätigkeit, wie sie sie vorher als Dozentin in der Erwachsenenbildung ausübte.

Als Literaturwissenschaftlerin leitet Susanne in der hiesigen Volkshochschule einen Literaturkreis. Überdies ist sie seit fünf Jahren aus einer persönlichen Leidenschaft für schöne Schuhe als Teilzeitverkäuferin in einem außergewöhnlichen Damenschuhgeschäft tätig. In diesem Laden wird nicht einfach Ware gegen Geld getauscht, es ist ein Ort unterschiedlicher Begegnungen mit Frauen, die mit ihren Erfahrungen, ihrem Glück, ihrem Leid schon nach kurzer Zeit Susanne ins Vertrauen zogen.

Susannes Erfahrungsschatz mit Menschen wuchs mit den mannigfaltigen Eigenarten der Kundinnen. Schnell war sie sicher, dass jeder Mensch in subjektiven Bedingungszusammenhängen ein einzigartiges Individuum ist.

1

„Schon wieder so spät", stellte Susanne fest und fragte sich, ob es ihr jemals gelingen würde, ohne Hektik ins Schuhgeschäft zu kommen. Sie sicherte ihr Fahrrad, schloss das Geschäft auf und schon strömte ihr der wohlbekannte Duft fabrikneuen Leders entgegen. Jedes Mal beim Öffnen der Tür dachte sie: Herrlich, dieser Duft, herb und leicht muffig.

Wie automatisiert folgten Susannes erste Handlungen einer bestimmten Reihenfolge. Zunächst schaltete sie im hinteren Raum des Ladens das Licht an, danach blickte sie prüfend in den Spiegel. Das feuchte Wetter hatte ihre Frisur an diesem Tag während der Fahrt zusammenfallen lassen. Mit beiden Händen griff sie in ihre Haare und versuchte sie aufzulockern, indem sie die Finger wie Krallen aufstellte und mit den Spitzen auf ihrer Kopfhaut hin und her rubbelte. Dann schminkte sie ihre Lippen.

Nun ging sie mit dem Straßenbesen hinaus, um den Vorplatz des Geschäftes zu fegen. „Immer die gleiche Leier", murmelte Susanne lustlos. Einen positiven Beigeschmack hatte das Saubermachen draußen, denn hin und wieder kamen Bekannte, Nachbarn oder auch Kundinnen vorbei und hielten mit ihr einen Small-Talk.

Im nahezu quadratischen Verkaufsraum befand sich wenig Dekoration und alle Artikel erschienen übersichtlich. Die an drei Wänden befindlichen Glasböden für einzelne Schuhmodelle zur Vorauswahl musste Susanne ebenfalls täglich putzen, außerdem den Glastresen, die gepolsterten Bänke für die Anprobe und den an eine Wand gelehnten barocken Spiegel.

Als Susanne heute noch die Schaufenster auswischen wollte, sah sie eine Kundin kommen. Bepackt mit vielen kleinen und größeren Tüten betrat die Dame stöhnend das Geschäft: „Ich sehe aus, als gäbe es morgen nichts mehr zu kaufen." Dabei blickte sie auf ihre Tüten, lachte spöttisch mit tiefer Stimme und wünschte nachträglich: „Guten Morgen."

Susanne erwiderte den freundlichen Gruß. Die langjährige Kundin war fast sechzig Jahre alt, groß und kräftig und sah mit ihren weiblichen Rundungen sehr anziehend aus. Probleme schien sie nicht zu kennen, sie war immer lustig und fröhlich. „Ich fahre mit meiner Freundin nach Sylt und brauche jetzt sehr besondere Schuhe", sagte sie und registrierte flink einzelne Modelle, indem sie ihren Blick über alle Regale schweifen ließ. „Nur meine Freundin und ich, und ich will gut aussehen. Das machen wir jedes Jahr, daher weiß ich, wie der Hase auf der Insel läuft."

Als Susanne sich nach Details wie Absatz und Farbe erkundigte, winkte die Kundin ab: „Keine Absatzschuhe, Abendschuhe mit hohen Absätzen zum Tanzen habe ich noch. Tagsüber zum Laufen brauche ich Schuhe. Trotzdem sollen sie zierlich sein, denn wir wollen nicht wie die letzten Landeier aussehen."

Sofort dachte Susanne an leichte goldene und silberne Schuhe mit Gummisohlen, die sie zum Anprobieren aus dem Lager holte.

„Ja", rief die Kundin begeistert, „Gold ist genau das Richtige für Sylt."

Die naheliegende Vorstellung, wie die Kundin mit einer Ausstattung aus goldenen Schuhen, Jeans und glitzernder Jacke an der Nordsee spazierend Aufmerksamkeit auf sich lenken mochte, ließ Susanne schmunzeln. Weil ihr die gestylte Freundin bekannt war, erübrigte sich die Frage, was diese beiden verheirateten Frauen in ihrem Alter nach Sylt trieb. Sie wollten etwas erleben. Wahrscheinlich standen sie abends an irgendeiner Bar, tranken Champagner, gaben sich geheimnisvoll und hofften, von Männern angesprochen zu werden. Sie flirteten, verliebten sich, hatten vielleicht Sex und bei ihrer Rückkehr würde man keine Spuren der zeitnahen Vergangenheit entdecken. Sie nahmen ihr normales Leben wieder auf und bewahrten das Geheimnis bis zum nächsten Ausbruch.

Bei einem ihrer vergangenen Besuche hatte die Kundin schonungslos über ihren Ehemann gespottet, der zufällig am Geschäft vorbeilief: „Kommen Sie, schnell, das ist er, mein Gatte", zeigte die Kundin mit dem Zeigefinger draußen auf einen vorbeigehenden älteren Mann, „wie er sich wieder angezogen hat, zum Fürchten." Dabei lachte sie hämisch. „Das hätten Sie nicht gedacht, oder?"

Susanne war es peinlich gewesen. Sie hatte zu dieser würdelosen Haltung geschwiegen. Mit Martin würde sie es niemals soweit kommen lassen, dann wäre eine Trennung respektvoller.

Nachdem die Sylturlauberin bezahlt hatte, schwer beladen und leicht prustend das Geschäft verließ, packte Susanne die herumstehenden Schuhe wieder ein. Sorgfältig prüfte sie die einzelnen Artikelnummern, strich mit der flachen Hand das Papier glatt und legte es so in den Karton, dass es an beiden Seiten heraushing. Anschließend wurden die beiden mit Papierspitzen gestopften Schuhe nacheinander, durch Seidenpapier geschützt vor Reibung, in die Schuhschachtel gelegt und mit einem Deckel verschlossen. Im Lager standen all die schönen Schuhe sorgfältig verpackt an ihrem Platz, Schachtel auf Schachtel. Sie warteten in ihren Kartons, um sich irgendwann an den Füßen einer Frau als schön, erotisch, reizend, weiblich oder sinnlich zu entpuppen.

Zwei junge Kundinnen betraten das Geschäft, wobei eine mit vergrämtem Gesicht ein Kleinkind im Kinderwagen schob. Forsch und überheblich lehnte sie die angebotene Hilfe von Susanne ab. „Wir melden uns schon, wenn wir Sie brauchen."

Ziege, dachte Susanne. In letzter Zeit war ihr aufgefallen, dass junge Mütter selten Glück ausstrahlten. Grimmig verschafften sie sich durch ihr Kind übermäßigen Respekt, gerade bei den eingeschüchterten Ehemännern, jetzt Väter und größtenteils Versorger der Familie, die sich zunehmend unsicher neben ihren jungen Frauen bewegten, weil sie alles falsch zu machen schienen. Sie waren nicht mehr Männer der Tat, sondern Hampelmänner. Diese junge Mutter gehörte genau in die Kategorie „Jetzt haben wir ein Kind, das ich schließlich unter Schmerzen zur Welt gebracht habe. Ich musste und muss vorerst auf alle Annehmlichkeiten verzichten, und gib du dir Mühe, meinen Vorstellungen zu entsprechen". Als die beiden Frauen den Laden verließen, hatte sich an dem Gesichtsausdruck der jungen Mutter nichts verändert.

Jetzt noch die Schuhe abstauben, dachte Susanne, nahm jeden Schuh vorsichtig in die Hand, um ihn nicht zu zerkratzen, und wischte mit einem trockenen Tuch darüber. Lederschuhe mussten glänzen, und bei Wildlederschuhen durfte der Flor ausschließlich in eine Richtung gebürstet sein. Jeder einzelne Schuh wirkte im sauberen Glasregal wunderschön und nahm hier in der Ausstellung einen besonderen Platz ein, um Beachtung zu finden, ähnlich einer Skulptur.

Mit lauter, burschikoser Begrüßung schob sich eine dicke Kundin, die bestimmt 120 Kilogramm wog, in den Laden und erklärte: „Ich brauche einen geilen Schuh mit hohem spitzen Absatz."

Verunsichert überlegte Susanne, ob die Kundin anstelle von geil vielleicht schön meinte. Sie tastete sich vorsichtig an den Wunsch der Kundin heran und zeigte ihr hohe Pumps, die sie zwar als erotisch anmutend charakterisierte, jedoch an der Eigenschaft geil zweifelte. Erotik sah Susanne im Zusammenhang mit einem erheblichen Maß an Sensibilität und Feinfühligkeit, dagegen entsprach Geilheit in ihrer Vorstellung zügelloser animalischer Gier.

Sie erinnerte sich, dass die Kundin bei aller Körperfülle weder dicke Beine noch fleischige Füße hatte und bot ihr daher einen außergewöhnlich tief ausgeschnittenen Wildlederpump mit hohem Bleistiftabsatz in Metall und seitlichen Glitzersteinchen an.

„Ja, die sind es. Sie brauchen gar nicht weiterzusuchen. Holen Sie mir den zweiten, und wenn der passt, dann nehme ich sie. Super, richtig geil sehen diese Schuhe aus", freute sich die Kundin.

An ihren schlanken Beinen und ebenmäßigen Füßen wirkten die Schuhe graziös. Ihr erwartungsvoller Blick in den Bodenspiegel und ihr zustimmendes Lächeln ließen vermuten, dass die Schuhe genau ihrem Wunsch entsprachen. Das Glück über dieses außergewöhnliche Modell machte die Kundin schöner und erotischer, was sie vielleicht mit geil auszudrücken versuchte.

„Wie Sie sicherlich schon gehört haben, ich habe einen neuen Freund. Als Geschäftsfrau in dieser kleinen Stadt ist man bekannt wie ein bunter Hund und alle quatschen darüber, weil er nicht von hier ist. Mir ist es gleichgültig, ich will ihn, und ich will ihn behalten", versicherte die Kundin gerade heraus. Grinsend fügte sie hinzu: „Er hat allerdings eine Macke, er steht auf High Heels, auf hohe Absätze, naja. Jetzt habe ich echte High Heels", seufzte die Kundin lächelnd und kramte nach ihrem Portemonnaie.

Welcher Mensch mag eine Vorliebe für diese füllige, laute Frau haben, überlegte Susanne. Vielleicht war der Mann auch dick oder es handelte sich um eine Neigung. Wer wusste schon, was Liebe entflammte und was Begehren ausmachte?

Über Martins Figur hatte Susanne sich nie Gedanken gemacht, er war groß und schlank, hatte zwar keinen durchtrainierten Körper, dennoch fand sie ihn anziehend. Sie selbst verfügte über kein Kilogramm zu viel, bewegte sich gern, fuhr Fahrrad, joggte, liebte Spaziergänge und konnte nicht verstehen, wie Menschen sich bis zur Unförmigkeit vollstopften.

Mitten in diesem Gedanken kam ihre Chefin unverkennbar polternd in den Laden.

„Guten Tag, Chefin", sagte Susanne.

Irene Kohlberg war seit fünfzehn Jahren die Inhaberin des Damenschuhgeschäftes. Dass Susanne sie „Chefin" nannte und nicht Irene, hatte sich aus Fragen im Geschäft ergeben, die Susanne nicht beantworten konnte. Sobald es sich um Preise, Reklamationen oder Telefonate handelte, ging sie zu ihr und sprach sie mit Chefin und „du" an. Anfänglich ein Spaß, mittlerweile war es zur Gewohnheit geworden, und Susanne gewann den Eindruck, dass ihre Chefin Irene es zwar belächelte, es gleichzeitig genoss, und daher blieb sie dabei.

Chefin stampfte durch das Geschäft, zupfte hier und da, stellte sich in die Mitte des Raumes und wortlos warf sie einen Blick auf die Regale, wandte sich mit zwei Schritten nach rechts, sah ins Schaufenster und erkundigte sich mit ihrem kleinen, verbissenen, schmalen Mund nach Umsatz und detailliertem Verlauf des Vormittags. Nach diesem angenehmen Morgen störte Susanne das machtvolle Getue und Gehabe von Chefin, daher erläuterte sie kurz die Geschehnisse und verabschiedete sich, um sich nicht die Vorfreude auf den Abend zerstören zu lassen.

2

Martin nachmittags zu Hause anzutreffen war für Susanne ungewöhnlich. An und für sich ging er vormittags in die Redaktion und kam am Abend spät zurück. Susanne erzählte ihm von der dicken Kundin, aber es schien ihn nicht zu interessieren oder er war zu sehr in seine Arbeit vertieft. Sie störte ihn nicht weiter, gerade jetzt, wo er nach zögerlichem Einstieg begeistert an einer breit angelegten Recherche über Kultur in der Provinz arbeitete. Gewöhnlich ging Martin entspannt an jede Sache heran, aber hier hatte ihn die Leidenschaft gepackt und er arbeitete Tag und Nacht.

Susanne respektierte sein Arbeitsverhalten. Die Wochenenden genossen sie gemeinsam in ihrer geräumigen Wohnung in der ersten Etage eines villenartigen Dreifamilienhauses aus den dreißiger Jahren, das unter Denkmalschutz stand. Große Fenster, hohe Decken und alte Parkettfußböden gehörten zur Ausstattung. Von einem großzügigen Flur gingen Wohnzimmer, Küche, Gästezimmer, Badezimmer, zwei Toiletten und für jeden ein Arbeitszimmer ab. Zu keiner Zeit hatten sie über dermaßen viel Raum verfügt, den sie mit wenigen ausgesuchten Möbeln, eine Zusammenstellung aus Designerstücken und Antiquitäten, ausstatteten, um die Großflächigkeit zu erhalten.

Manchmal, wenn Martin spät aus der Redaktion zurückkam, wartete Susanne auf ihn, um mit ihm ins Bett zu kriechen, seine vertraute, wohlige Wärme zu spüren und eng aneinander geschlungen die Tageseindrücke auszutauschen bis sie einschliefen. Wurde sie nachts wach, ging sie in ihr eigenes Zimmer, in ihr geräumiges Bett.

Ohnehin verbrachte Susanne zu Hause die meiste Zeit in ihrem aufgeräumten Raum. Sie liebte klare Ordnung und lehnte Nippes als Überflüssiges bewusst ab. Darin stimmte Martin mit ihr überein, doch im

Unterschied zu Susanne ging er mit allen gebräuchlichen Dingen des Lebens schlampiger um. Sie hatte es aufgegeben, ihre Wertvorstellungen in gleichem Maße auf ihn zu übertragen. Nach anfänglichem Hadern tolerierte sie seine Liederlichkeit in seinem Zimmer, die zu ihm gehörte, genau wie ausgebeulte Hosen und abgenutzte Blazer.

Am heutigen Abend stand für Susanne Volkshochschule auf dem Programm. Sie kannte die an ihrem Literaturkurs teilnehmenden neun Frauen unterschiedlicher Altersstufen mittlerweile ziemlich gut. Gemeinsam wählten sie die zu besprechende Literatur. Der gesamte Text wurde von jeder Teilnehmerin zu Hause gelesen. Aufschlussreiche Passagen sowie Fragen wurden hinterher unter Susannes fachlichen Anleitung besprochen.

Eingangs musste sie sich an die Leichtigkeit der Auseinandersetzungen gewöhnen. Die Frauen waren nicht, wie vorher in der institutionellen Erwachsenenbildung, von irgendwelchen Arbeitsagenturen geschickt worden, sondern nahmen freiwillig teil, um sich auseinanderzusetzen. Sie hatten das Bedürfnis, zu sprechen und zu hören, zu diskutieren und zu lernen, wobei Literatur den Ausgangspunkt bildete und jede Teilnehmerin mit eigenen Erfahrungen zum Gespräch beitrug.

An diesem Abend kam eine ältere Teilnehmerin stöhnend herein, ließ sich erleichtert auf einen Stuhl fallen und meinte, endlich der häuslichen Hölle den Rücken gekehrt zu haben, ihr Ehemann hatte eine Erkältung. Ohne auf die Reaktion der anderen zu achten, kramte sie ihre Sachen aus der Tasche und fügte beiläufig hinzu:

„Oh, ich sage es euch. Er trägt schon seinen Sarg auf dem Rücken."

„Kenne ich", stimmten einige Mitwirkende abwinkend zu.

„So krank, wie Männer sind, kann keine Frau werden", rief eine andere in den Raum und lachte abfällig.

„Ja, wenn man sagt, du bist doch nicht der Einzige auf der Welt mit einer Erkältung, dann werden sie noch sauer", sagte eine andere.

„Aber wehe, wenn ich mal selbst huste, dann heißt es: Kein Wunder, dass du schon wieder krank bist, du läufst ja auch bei Wind und Wetter durch die Gegend. Damit meint meiner mein wöchentliches Nordic Walking, was ihm ein Dorn im Auge ist."

„Ich", sagte eine Frau um die vierzig Jahre, deren Mund einer kleinen, zuckenden, schließmuskelartigen Öffnung ähnelte, „ich rege mich gar nicht darüber auf. Ich sage immer ja, ja und denke mir meinen Teil. Von mir aus kann mein Mann sagen, was er will, ich mache es sowieso so, wie ich es für richtig halte." Dabei blätterte sie in ihrem Buch.

Immer wieder machten die Teilnehmerinnen ihre abwesenden Ehemänner lächerlich und schilderten lautstark die ausgeklügelte Art und Weise, wie sie sie für dumm verkauften.

Es ärgerte Susanne. Sie hätte gern gefragt, ob die Teilnehmerinnen ihre Männer überhaupt noch liebten. Für sie war selbstverständlich, dass zwischen zwei liebenden Menschen Respekt zum gemeinsamen Leben gehörte. Sie bemühte sich, ihre Haltung verallgemeinernd in diese Gespräche einzubringen, doch manchmal waren die

Teilnehmerinnen wie besessen und ignorierten alle Einwände.

Gerade Texte über Beziehungen und über die Liebe versetzten die Frauen in eine Art Rausch. Kribbelig und hellwach sprachen sie schrankenlos von eigenen Gefühlen und Erlebnissen.

Heute beendete Susanne den Kurs sehr pünktlich, denn morgens hatte Martin angekündigt, am Abend zu Hause zu sein. Die Frauen verabschiedeten sich, worauf Susanne das Licht ausknipste und sich auf den Weg machte.

Auf dem spärlich beleuchteten Korridor fragte eine Dame nach dem Konferenzraum.

Nein, dachte Susanne, immer wenn ich Martin versprochen habe, pünktlich zu sein. Sie raffte ihre Jacke und Tasche zusammen, knipste das Licht wieder an und begleitete die Dame ein Stockwerk höher bis zu dem Raum.

Martin saß in seinem Zimmer am übervollen Schreibtisch und sah nicht gerade fröhlich aus, als sie hereinkam. Sie entschuldigte sich für die kleine Verspätung mit ihrer Hilfeleistung.

„Ist gut", meinte er und hüstelte ein bisschen. Sie lachte und berichtete von dem Gespräch der Lesekreisfrauen über ihre kranken Männer. Da es Martin nicht zu berühren schien, neckte sie ihn: „Pass gut auf. Wenn du nicht mehr freundlich zu mir bist, dann mache ich dich, meinen großen Kämpfer, zu meinem Hampelmann."

Obwohl er lächelte, bemerkte sie, dass er gar nicht zum Spaßen aufgelegt war, denn seine Miene blieb ernst und verfinsterte sich, als er sagte: „Susanne, ich muss mit dir sprechen."

3

Gesprächslänge und Gesprächsbedeutung zeigten sich durch Martins Position in seinem Zimmer. Am liebsten lehnte er sich an den senkrecht ausgerichteten Heizkörper an einer schmalen Wand, die Wärme im Rücken ließ ihn lange und entspannt reden. Sobald sich eine Unterhaltung gewichtiger gestaltete, verließ er diesen Platz und ging im Zimmer auf und ab.

Das bevorstehende Gespräch schien besorgniserregend zu sein, denn er lief mit sorgenvollem Gesicht hin und her, fuhr mit seiner rechten Hand mehrfach von der Stirn nach hinten durch die Haare, die demzufolge eine Elvis-Presley-Tolle bildeten und einen fettigen Eindruck machten. Auf dem überfüllten Schreibtisch standen eine angebrochene Flasche Rotwein sowie ein halbvolles Glas. Anscheinend hatte er schon länger auf sie gewartet. Susanne setzte sich auf seinen Schreibtischstuhl und drehte sich zu ihm, um ihn im vollen Sichtfeld zu haben. Dabei wunderte sie sich, dass er noch Schuhe trug, gewöhnlich zog er sie gleich hinter der Wohnungstür aus und lief in Socken.

Es muss sehr ernst sein, vermutete sie, während sie ihn beobachtete. Plötzlich hielt Martin inne, streckte seinen Körper, richtete den Blick auf Susanne, legte nachdenklich die rechte Hand an den Mund, dann ließ er die

Hand sinken und sagte: „Ich habe noch eine Frau kennengelernt, die ich sehr gern habe."

Kein weiteres Wort. Er blieb wie verwurzelt stehen, atmete schwer, erblasste und zitterte am ganzen Körper. Es war still in diesem Moment, so still, dass man beider Herzen klopfen hörte. Nur einige Sekunden, dann unterbrach Susanne das Schweigen: „Noch eine Frau, die du sehr gern hast?" Sie atmete schwer. Fassungslos sah sie Martin an. Schwindel erfasste sie. Hitze stieg in ihr auf. Ihr Herz schlug schneller und noch lauter. In der Halsschlagader pochte es spürbar. In ihr entstand etwas, was herausmusste, ansonsten würde sie platzen.

Martin durchschritt erneut das Zimmer, hielt wieder seine Hand an den Mund, Schritt für Schritt, Drehung, wieder Schritt für Schritt, Drehung. Zuweilen blickte er Susanne an und schien auf eine Reaktion zu warten. Sie hob ihren Kopf und bat ihn weinerlich, den Satz zu wiederholen.

„Es ist so, wie ich gesagt habe", antwortete Martin mit klarer Stimme und wachsamem Blick.

Langsam entkrampfte Susanne, am liebsten hätte sie geschrien. Es gelang ihr nicht. „Noch eine Frau", hauchte sie und schüttelte den Kopf, „dabei dachte ich, dass du an einer interessanten Sache dran bist."

„Bin ich auch", erklärte er.

„Sehr interessant", zischte Susanne und begann laut zu weinen. Sie konnte wieder sprechen. „Unglaublich. Ich sitze hier, und du bist bei einer anderen Frau. Martin, sag, dass es nicht wahr ist."

„Bitte, lass uns vernünftig darüber sprechen", versuchte er sie zu beruhigen.

Susanne erschien es wie eine schlechte Komödie, wie eine Inszenierung. Vernünftig darüber sprechen? Er wollte sie mäßigen. Was dachte er sich dabei? Sie fühlte sich gedemütigt, so vor dem eigenen Mann zu sitzen. Empört brach es aus ihr heraus, sie begann zu wüten, bezeichnete ihn als Schwein, als geilen Bock und wurde immer wütender.

„Nach fünfzehn Jahren bin ich jetzt verbraucht, und es muss eine andere her? Kleine Midlife Crisis?", schrie sie ihm ins Gesicht.

Immer noch versuchte Martin, Susanne zu besänftigen, wollte sie umarmen. Zuerst wehrte sie sich, dann ergab sie sich und ließ sich erschöpft fragend in seine Arme sinken: „Warum, Martin? Sag mir, warum willst du eine andere Frau? Was gefällt dir nicht mehr?"

Ein Auf und Ab in den Gefühlen, Susannes Wut entbrannte erneut. Barsch löste sie sich aus seiner Umarmung.

„Liebes, beruhige dich", unternahm Martin den nochmaligen Versuch, dieses Gespräch auf eine vernünftige Ebene zu bringen. Es gelang ihm nicht. Susanne war nicht in der Lage, ihm zuzuhören und brüllte immer wieder aufs Neue los.

„Nenn mich nicht mehr Liebes! Du hast mich gemein hintergangen! Beruhigen, beruhigen! Dir geht es ja gut! Entschuldige bitte, dass ich empört bin! Herzlichen Glückwunsch zur neuen Liebe! Soll ich mich vielleicht freuen, dass du mich betrügst?"

„Wenn ich dich hätte betrügen wollen, dann hätte ich es nicht gesagt", entgegnete er, versuchte ihr dabei in die

Augen zu sehen und seine Hände um ihre Schultern zu legen.

„Fass mich nicht an! Du bist widerlich! Nimm deinen ganzen Krimskrams und hau ab!", wich Susanne vor ihm zurück und stampfte mit den Füßen.

Jetzt wurde Martin noch ruhiger und erlangte seine gewohnte Fassung zurück. Diese Ruhe im Sturm übertrug sich auf Susanne, die bitterlich zu weinen begann.

„Susanne, wie soll ich es erklären? Ein Mensch ist in mein Leben getreten, den ich nicht übersehen kann und will", sagte Martin und fügte hinzu, „ich bin nicht auf der Suche gewesen. Es ist mir, wie soll ich sagen, es ist mir widerfahren. Ich will nicht mit dir darüber streiten. Wir sind doch schon so lange zusammen und ..."

„... und, und – können wir uns jetzt was Neues suchen? Widerfahren, wenn ich das schon höre, vielleicht vom Himmel gefallen?" unterbrach Susanne ihn nochmals.

Martins Energie schien verbraucht, er appellierte an ihre Vernunft, aber sie drehte ihm jedes Wort im Munde um, ohne ihm zuzuhören.

„Mit Vernunft also!", schrie sie mit zusammengekniffenen Augen, „soll ich den Bauch ausklammern? Ich habe nicht nur einen Kopf. Ich habe auch Gefühle. Gefühle, wenn du überhaupt weißt, was ich damit meine. Deine scheiß Vernunft soll mich beruhigen, ich will mich aber nicht beruhigen! Du hast mich hintergangen."

„Ich habe dich nicht hintergangen. Ich will mit dir dieses Problem lösen", hob Martin, jetzt gereizt, seine Stimme und schickte einen Fluch zum Himmel.

„Nein, nicht mit mir – das ist vorbei, mit mir wird nichts mehr gelöst! Jetzt soll ich dir auch noch die Absolution erteilen! Du bist so ein mieses Stück, das hättest du wohl gern! Ich will dich nicht mehr sehen!", blockte sie das Gespräch mit erstickter Stimme ab, drehte sich auf ihrem Absatz um, verließ sein Zimmer und knallte die Tür zu.

4

Susanne lag auf ihrem Bett und weinte. Sie schluchzte dermaßen, dass sie kaum Luft bekam. Sie prustete und jammerte gleichzeitig. Ihr genässtes Gesicht und ihre Augen waren mittlerweile rot und verquollen. Grübelnd hörte sie immer noch seine Worte „noch eine Frau". Nach fünfzehn Jahren Zusammensein mit vielen Höhen und wenig Tiefen kündigte Martin ohne große Umschweife die Beziehung auf.

Sein Bedürfnis stand im Vordergrund. Sie hatte sich nach ihm zu richten. Allezeit setzte er seine Bedürfnisse durch. Er hatte sie benutzt und betrogen, missbraucht für seine Zwecke. Alles, jede Lebensäußerung von ihm hatte ihrerseits Akzeptanz gefunden. Sogar seine brummigen schlechten Launen ertrug sie. Ihr Leben hatte seinem Glück gedient und sie war auf der Strecke geblieben. Ihre Arbeit hatte sie aufgegeben, um mit ihm in dieses Kaff zu ziehen. Es war nicht mehr rückgängig zu machen. Mittlerweile war sie über vierzig. Vermutlich würde Martin sich scheiden lassen, aber dann sollte er büßen.

Um ihr lautes Heulen zu dämpfen, biss sie die Zähne zusammen und strampelte mit den Füßen. Sie wurde immer zorniger, ihre Fäuste ballten sich, und sie jammerte: „Ich kann nicht mehr, ich kann nicht mehr. Warum? Warum ich?"

Ihre Tränen waren keine bitteren, sondern wütende, mit Hass angereicherte mit einem Gefühl von Unterlegenheit. Nicht sie trug die Lorbeeren, sondern die Neue. Ausgetauscht würde sie werden. Sie war Opfer.

Martin und sie hatten keine großen Konflikte, sie verstanden sich immer noch gut. Selbst nach fünfzehn Jahren Ehe gingen beide gern miteinander ins Bett. Womöglich hatte Martin nur so getan, als ob es ihm gefiel. Viele Paare in einer Langzeitbeziehung fanden im Sex keine Erfüllung mehr. So war es bei ihnen nicht, sie begehrten einander. Es war doch alles in bester Ordnung gewesen. Sie liebten sich, sie vertrauten sich und wussten ohne Worte, was der andere dachte. Martin kannte ihre Gewohnheiten, negativen und positiven Eigenschaften, genau wie sie seine kannte. Im Grunde genommen waren sie bereits eins geworden. Sie wollte keinen anderen. Warum wollte er jetzt eine andere? Warum war es ihr nicht aufgefallen, dass er eine Neue begehrte? Die ganze Nacht grübelte Susanne und fand keine Ruhe. Eine Sorge galt der Zukunft, was würde aus ihr werden, wenn Martin sich scheiden ließ?

5

Morgens hatte Susanne das Gefühl, aus einem Albtraum zu erwachen. Sie kroch mühselig aus dem Bett. Wenig geschlafen, wäre sie am liebsten nicht ins Geschäft gegangen.

Wie gewöhnlich stand Martin später auf als sie. An diesem Morgen hätte sie ihn gern gesehen, ihm ihr verquollenes, rotes Gesicht als sein Werk vorgeführt und ihn durch Ignoranz angeklagt, aber er blieb wie gewohnt im Bett. Bis zur letzten Minute harrte sie zu Hause aus.

Spät im Geschäft angekommen, puderte sie kräftig ihr Gesicht und dachte über den gestrigen Abend, die Vergangenheit und angstvoll über die Zukunft nach. Betrübt putzte Susanne Regale ab, selbst die Schuhe konnten sie nicht aus ihrer Niedergeschlagenheit herausholen. Gedankenverloren klagte sie mit Tränen in den Augen: „Ihr wunderbaren Schöpfungen guckt mich heute so traurig an. Ja, mir geht es hundeelend. Warum hat Martin das gemacht?"

Dann ruhte ihr Blick nachdenklich auf einem hohen, roten Pumps und sie sagte laut „Auch du könntest nichts mehr retten."

Augenblicklich kam eine nette, reifere Nachbarin vorbei, die tags zuvor eine Fahrradtour mit ihren Freundinnen gemacht hatte. Sie erzählte jedes Detail und freute sich, dass Susanne Interesse zeigte. Der Mann war vor einigen Jahren gestorben und sie lebte allein. Als Kennerin klassischer Musik und Literatur war sie für Susanne oftmals ein willkommener Gesprächspartner, doch heute löste die Begegnung bei Susanne

Zukunftsangst aus. Wie würde ihr Leben ohne Martin aussehen? Würde sie auch auf kulturelle Ereignisse als einzige Abwechslung in ihrem Alltag zurückgreifen müssen? Was machte eine alleinstehende Frau im Urlaub oder Silvester?

Ein kurzer Satz, Subjekt, Prädikat, Objekt, hatte ihr ganzes Leben verändert. Rücksichtslos, ohne Schuldgefühle hatte Martin ihre fünfzehn Jahre andauernde Ehe durch wenige Worte aufgelöst. Sie hätte ihn nicht verlassen, auch wenn sie ihn manchmal langweilig fand und sich Kribbeln im Bauch wünschte. Die über Jahre gewonnene Vertrautheit, die lange währende Liebe war letztendlich bedeutungsvoller als kurzzeitig Schmetterlinge im Bauch. Und er kam ungeniert an einem Mittwochabend und teilte ihr mit, er habe sich verliebt. Wie konnte er das nur tun? Jetzt stand sie da und hatte niemanden. Auch sie wäre gern aufgeregt und verliebt. Früher hatten beide ab und zu bedeutungslose Techtelmechtel, keine ernsthaften, von Dauer geprägten Beziehungen, sondern banale Flirts, die den anderen ein wenig eifersüchtig und das Leben aufregender machten, die aber nachhaltig nichts bewegten.

Ihr Sinnieren wurde von einem lauten „Guten Morgen" unterbrochen. Eine kleine, pummelige Kundin trat ins Geschäft und steuerte direkt auf die Regale zu. Eingeschränkt durch ihre Körpergröße, konnte sie nur einen Teil der Schuhe betrachten und aus dem Regal nehmen. Susanne erinnerte sich an frühere Besuche dieser Frau, die ungewöhnlich kleine, dicke, runde Füße hatte und mit Zischlauten sprach.

„Tscha", sprach sie Susanne an, „isch brauch was zum Laufen. Wissen Sie, isch bin immer unterwegs. Möglichst fahre isch mit dem Fahrrad, und da brauch isch was Bequemes."

Während Susanne Schuhe in kleinen Größen aus der Fensterdekoration holte, saß die Kundin bereits auf einer der Bänke, in Wirklichkeit lehnte sie sich an, ansonsten wäre sie mit ihren kurzen Beinen nicht auf den Boden gekommen.

Unerträglich, dieses Zischen, dachte Susanne. Falls ich einen Mann kennenlerne, der Zischlaute von sich gibt, könnte er noch so nett sein, gut aussehen, ich wollte nicht mit ihm zusammen sein. Es lief ihr kalt den Rücken herunter bei dem Gedanken, dass ein großer attraktiver Mann vor ihr stand, der plötzlich den Mund aufmachte und sagte: „Tscha, isch mag disch." Gleichzeit musste sie innerlich schmunzeln.

Nach kurzem Hin und Her entschied die Kundin sich für einen tannengrünen Lederschnürschuh, den sie zu vielen Farben kombinieren konnte.

Jetzt kommt gleich wieder dieser Satz, fürchtete Susanne. Noch nicht zu Ende gedacht, sagte die Kundin: „Machen Se eben den Preis ab, denn er braucht nisch zu wissen, was isch an Geld für Schuhe ausgebe. Der hat tscha sowieso keine Ahnung, was heute alles koschtet. Der denkt, wir sind immer noch in der Nachkriegszeit mit den Preisen. Wissen Se."

Wenngleich Susanne mit einem Lächeln die Aussage der Kundin bestätigte, nahm sie an, dass dieser „er" ihr Ehemann war, dem sie den wahren Preis vorenthielt. Ob der Mann auch so klein war und mit Zischlauten die einzelnen Wörter schmückte wie diese eigenartige Frau? Trotz ihrer kleinen Körpergröße hatte sie ein großflächiges, rundes Gesicht mit großen Augen, die durch starke Brillengläser noch größer erschienen. Die auf neunzig Grad gestellten Füße und ihr gerader, breit wirkender Körper gaben ihr einerseits etwas Statuenhaftes, andererseits wirkte sie mit ihrer grünblau karierten Einkaufstasche, die stets mit Lebensmitteln voll zu sein schien, als wäre das Leben nur dazu da, Besorgungen zu machen.

Susanne überlegte, was erhält eine Frau, wenn sie ihrem liebenden Lebenspartner möglichst geschickt etwas verheimlicht? Kann ein erlogenes Leben mit einem zum Narren gehaltenen Ehemann als glücklich bezeichnet werden? Welche Kriterien liegen einem solchen Glück zugrunde? Hätte Martin mir nicht von seiner Neuen erzählt, wäre für mich heute alles noch genauso schön wie zuvor, ich hätte es leichter und müsste mir keine Gedanken machen. Aber, was wäre es für eine Scheinheiligkeit, für dumm gehalten zu werden.

Während die zischende Frau bezahlte, kam Chefin in den Laden gestampft und baute sich gleich neben Susanne auf, um deutlich zu machen, dass sie diejenige war, die hier Plaudereien führte. Erstaunlich, wie man mit derart dünnen Beinen und kleinen Absätzen auf diese Weise stampfen konnte und durch Körperhaltung monumentale Wirkung erzielte. Beides irritierte die kleine Kundin nicht, die unmittelbar zischend mit Chefin über Nährstoffe in Lebensmitteln redete.

Erleichtert, den Vormittag weitgehend tränenlos überstanden zu haben, wollte Susanne bald nach Hause und räumte schnell die restlichen Schuhe ein. Auf keinen Fall sollte Chefin von ihrem Kummer erfahren.

„Was ist mit dir?" fragte Chefin neugierig, nachdem die Kundin gegangen war, „du siehst ja fürchterlich aus. Hast du geweint?"

„Nein. Nur ein bisschen Trouble zu Hause", antwortete Susanne und schluckte ihre Tränen hinunter. Gleichzeitig ärgerte sie sich, Chefin einen Wink gegeben zu haben.

„Ach, lass dich nicht ärgern", entgegnete Chefin, „und lass dir nicht sagen, was du zu tun und zu lassen hast. So einer würde mir fehlen. Zeig ihm die kalte Schulter. Was will der denn, wenn du ihm wegläufst, dann guckt der sparsam, das glaub."

„Ich will ihm nicht weglaufen", konterte Susanne genervt. Chefin war kein geeigneter Gesprächspartner, was Beziehungen anging. Sie verfügte über wenig Erfahrung mit Männern und manchmal hatte Susanne sogar den Eindruck, sie würde sie hassen. Obwohl sie oft von ihrem großartigen anonymen Liebhaber sprach, glaubte Susanne nicht an seine reale Existenz.

6

Susanne ging in die Innenstadt, ließ sich ziellos treiben und gelangte in die Einkaufsstraße, die für eine Kleinstadt recht ansehnlich war. Die Hauptachse mündete in einem großen Platz mit vielen Cafés. Ein mediterranes Gefühl stellte sich ein, wenn vor den Lokalen Männer und Frauen mit dunklen Brillen saßen, um die Sonne zu genießen. Heute aber war es trüb, und jetzt im Herbst verschwanden allmählich die Stühle. Susanne überlegte, ob sie ins Lokal gehen und Martin telefonisch bitten sollte, zu ihr zu kommen. Im tiefsten Innern hoffte sie, dass sich alles wieder einrenken würde. So eine Ehe konnte doch nicht vorbei sein. Sicherlich besann Martin sich und setzte beider gewonnene Vertrautheit nicht aufs Spiel.

Dass Martin sich am Vormittag nicht gemeldet hatte, war nicht ungewöhnlich, er mochte Chefin nicht. Mehr noch, er hegte eine tiefe Antipathie gegen sie. Immer wieder fragte er Susanne, wie das dünne trampelnde Ungeheuer eine Leidenschaft für wunderschöne Damenschuhe besitzen konnte. Weder ihr Körper noch die staksigen X-Beine, der kleine Kopf, dieser ewig zeternde, schmale Mund und obendrein die unruhige Mimik, die sich während eines Gesprächs vielfach änderte, waren seiner Meinung nach Anzeichen weiblicher Schönheit, von Erotik ganz zu schweigen. Als ob Chefin es fühlte, behandelte sie Martin im Gegenzug mit unglaublich kaltschnäuziger Distanz.

Wenn er nicht anrief, dann würde sie ihn anzurufen. Gespannt, spürte sie ihren deutlichen Herzschlag, unsicher, ob er überhaupt an sein Handy ging, denn er ließ sich ungern bei der Arbeit stören.

„Ja, Susanne, was ist?", waren seine Worte, als er den Anruf entgegennahm. Obgleich sie die Annahme des Anrufes positiv interpretierte, kränkte er sie mit seiner kurz angebundenen Art. Was hatte sie erwartet? Am liebsten hätte sie das Gespräch gleich wieder abgebrochen, aber sie sagte: „Martin, wir haben uns heute Morgen nicht gesehen und nach dem gestrigen Abend habe ich das Bedürfnis, deine Stimme zu hören. Was meinst du? Ich bin in der Stadt und würde gern mit dir Kaffee trinken."

„Jetzt? Ich arbeite. Das kann ich nicht. Nein, warum sollen wir uns mitten in der Woche nachmittags ins Café setzen?" fragte er leicht gereizt.

„Ich möchte mit dir sprechen", bat Susanne.

„Das kannst du, aber nicht im Café und auch nicht jetzt", antwortete er leicht genervt. Enttäuscht fragte sie ihn, ob es sich am Abend einrichten ließe. Dem stimmte Martin vage zu. Ärgerlich über sich selbst, diesen Versuch unternommen zu haben, überwog ihre Traurigkeit über seine Reaktion. Dabei wollte sie ihm entgegenkommen, ihm die Annäherung nach dem gestrigen Abend erleichtern, und er ließ sie erbarmungslos zappeln.

Susanne war die Lust auf Kaffee vergangen. Bedrückt ging sie nach Hause und spekulierte, welche Frau sich auf eine Beziehung mit einem verheirateten Mann einließ. Warum hatte sie ihn eigentlich nicht gefragt? Wollte sie es nicht wissen? Wollte sie ihre Konkurrenz gar nicht kennenlernen? Womöglich kannte sie die Frau sogar.

Plötzlich schoss ihr eine zurückliegende Situation mit einer jungen Frau in den Kopf. Sie hatte derzeit getobt, doch Martin hatte sich mit keiner Silbe zu der Person geäußert. Vielleicht war sie die Neue. Der Vorfall ereignete sich auf einer Party, eine von den moderneren Partys, bei der gutgekleidete Menschen sich lässig in sämtlichen mondän eingerichteten Räumen des Gastgebers ungezwungen zum Small Talk aufhielten. Der Gastgeber reichte exzellente Weine und kleine mediterrane Köstlichkeiten, die im Stehen oder sitzend eingenommen wurden.

Martin und Susanne unterhielten sich mit Bekannten in der Wohndiele an einem Stehtisch, als eine junge, blonde Frau plötzlich auf Martin zukam, ihn umarmte, ihn links und rechts küsste, wie es die moderne Form der vertrauten Begrüßung verlangte, und sichtlich überrascht fragte, warum er auf dieser Party sei. Leicht verlegen stammelte Martin kaum verständlich von Bekannten und Redaktion. Susanne hatte die schlanke Unbekannte verstohlen gemustert, die zu ihrer Hüft-Designerjeans mit engem Shirt metallisierte Absatzstiefeletten trug.

Nach kurzer Zeit befand sich Martin mit der blonden Frau im Zwiegespräch und schien alles um sich herum zu vergessen. Empört über die Abwendung, versuchte Susanne seine Aufmerksamkeit wiederzuerlangen, indem sie ihm mitteilte, dass sie gern ein weiteres Glas Rotwein hätte.

Die Reaktion war unfassbar gewesen. „Ich unterhalte mich gerade, die Flasche steht dort."

Seine abweisende Antwort hatte Susanne gekränkt und sie verbrachte den restlichen Abend in ihrem gestylten Outfit wie ein Wolf im Schafspelz. Auf dem Weg nach Hause machte sie Martin Vorwürfe, warum er sie, als seine Ehefrau, der aufgetakelten Blondine nicht vorgestellt worden war. Eifersucht ging Martin auf die Nerven, folglich hatte er ihre Szene ignoriert, was wiederum ihren Zorn steigerte. „Blond sein, Busen zeigen, darauf fällt ihr blöden Töffel rein. Hast du deinen Blick auch mal vom Schmollmund zu den Schuhen wandern lassen? Dann hättest du mal sehen können, wie erotisch ungeputzte, schief abgelaufene Schuhe aussehen." Martin hatte nur mit dem Kopf geschüttelt.

Je länger Susanne heute über die damalige Situation nachdachte, desto weniger zweifelte sie daran, dass die Blonde von der Party die Neue sein musste. Sie hatte ihn damals begierig in ein Gespräch verwickelt, in dem mehr getuschelt als gesprochen wurde. Ihre künstlichen über-langen Fingernägel hatten sich manchmal krallenhaft auf Martins Unterarm gelegt. Sicherlich waren die beiden schon zu jenem Zeitpunkt zusammen und Martin war es peinlich gewesen, seine Ehefrau dabeizuhaben. Mög-licherweise hatte er sich geschämt, dass sie nur in einem schlichten, schwarzen Kleid mit schwarzen Schuhen auf die Party gegangen war. Dabei war es ein wunder-schönes Kleid aus feinstem italienischem Tuch gewesen. Dazu hatte sie schwarze Absatzschuhe mit betonter Ferse und sehr tiefem Ausschnitt getragen, der bei den Zehenansätzen endete. Auch das hatte einen Hauch Erotik besessen.

Bisher mochte Martin ihre Kleidung, er fand alles Künstliche unschön. Susanne mochte sich ebenfalls un-gekünstelt, aber von der Blondine hatte sie sich regelrecht geschluckt gefühlt.

Besessen von ihrer Vermutung, ging sie an diesem Abend nicht zum Sport, sie wollte Martin unbedingt mit der Blondine konfrontieren. Der Versuch, sich durch Fernsehen abzulenken, scheiterte. Stunde um Stunde wartend, legte Susanne sich tausend Redewendungen im Kopf zurecht. Als Martin endlich nach Hause kam, wusste sie nichts mehr von dem, was sie sich vorgenommen hatte. Verwundert fragte er, warum sie so spät noch nicht im Bett war. Seine unpassende Frage reizte Susanne, schließlich waren sie seit fünfzehn Jahren verheiratet und sie hatte das Recht, eine Erklärung zum gestrigen Abend zu erhalten.

„Ich bin müde und möchte ins Bett. Bitte, lass uns heute Abend nicht mehr darüber reden", stöhnte Martin.

„Das könnte dir so gefallen. Ich grüble den ganzen Tag und du gibst mir keine Chance, mit dir zu sprechen."

„Was sollen wir heute reden?"

„Ich will wissen, ob es gestern Abend dein Ernst war. Außerdem will ich wissen, wer es ist."

„Meinst du, ich habe einen Scherz gemacht?", sah Martin sie ungläubig an. „Was hast du davon, wenn du weißt, wer es ist? Es ändert nichts an der Sache."

Seine Belehrung machte Susanne zornig und sie reagierte mit drastischen Vorhaltungen. Unbeeindruckt verharrte Martin in seiner Haltung, dann erklärte er, in dieser Form und zu dieser Zeit kein derart wichtiges Gespräch führen zu wollen, sondern ins Bett zu gehen.

„Wie immer, wenn es nicht so läuft, wie du es dir vorstellst. Dann gehst du. Ich will jetzt wissen, wer es ist, ansonsten gebe ich die ganze Nacht keine Ruhe."

Martin schwieg. Er machte einen genervten Eindruck, erlaubte sich allerdings nicht, das Wohnzimmer zu verlassen.

„Es ist die aufgedonnerte Blonde von der Party. Sie ist dir peinlich", warf Susanne ihm an den Kopf.

„Quatsch", gab Martin einen Lacher von sich, „sie ist aus dem Vertrieb der Zeitung. Meinst du wirklich, dass diese Frau eine ernsthafte Beziehung für mich ist? Sie ist vielleicht fünfundzwanzig Jahre alt und ich könnte ihr Vater sein. Komm, gehen wir ins Bett, wir streiten uns sonst um Kopf und Kragen", sagte Martin entschlossen und ließ Susanne in ihrer Rage allein zurück.

Ihre Mutmaßung hatte sich also nicht bestätigt. Wäre es die Blonde gewesen, hätte Martin es zugegeben. Für ihn gab es niemals Veranlassung zu lügen, denn er war der Meinung, wer lügt, wird unfrei. Genauso gab es für ihn auch kein falsches Handeln, denn jeder handelte, wie es für das eigene Glück am förderlichsten war. Niemand handelte gegen sein eigenes Glück.

Ihr gingen noch viele Dinge durch den Kopf. Sie wollte mit einem Außenstehenden darüber reden und beschloss, am Wochenende zu ihrer Schwester zu fahren, um sich mit einer Freundin zu treffen, die sich vor Jahren von ihrem Mann getrennt hatte.

7

Frühmorgens telefonierte Susanne mit ihrer Schwester, sprach in aller Kürze die Situation an und vereinbarte einen Besuch für das Wochenende. Sobald sie im Geschäft Schluss machte, wollte sie nach Bielefeld fahren. Für Für Martin hinterlegte sie eine knappe Nachricht auf dem

Küchentisch mit dem Hinweis, am Wochenende woanders zu sein. Daneben platzierte sie unübersehbar ihr Handy, um ihre Eigenständigkeit zu demonstrieren, wobei es sich in Wahrheit um eine verschleierte Anklage und Aufforderung zur Reue handelte, denn Susanne erwartete von Martin einen Anruf im Geschäft, sobald er die Zeichen entdeckte.

Ein bisschen freute Susanne sich auf den Besuch bei ihrer Schwester. Endlich raus aus diesem Kleinstadtmief und mal andere Luft schnappen, Luft vom modernen Leben in der Stadt, auch wenn der Anlass nicht der schönste war.

Heute empfand sie das Schuhgeschäft als angenehme Brücke, gerade deswegen enttäuschte sie die vorgefundene Unordnung in den Regalen sehr. Die Schuhe standen völlig durcheinander, nicht systematisch geordnet, geschweige denn dekoriert. Nach Erledigung der wiederkehrenden morgendlichen Arbeiten sortierte Susanne die Schuhe. Auf sechs vertikal ausgerichteten Glasregalen verteilte sie Schuhe verschiedener Hersteller mit jeweils einem Logoaufsteller, damit die unterschiedlichen Modelle eine klare Einheit ergaben.

„Nun gefallt ihr mir besser. Sobald ihr unordentlich herumsteht, erkennt man eure Schönheit gar nicht. Jetzt könnt ihr die Kundinnen verführen", sagte sie zu den Schuhen und blickte zufrieden auf ihr Werk.

Schnell ließ sie das Putztuch noch über den Spiegel gleiten, denn inzwischen war eine Kundin eingetreten, die unmittelbar Hilfe wünschte. Die zwischen fünfzig und sechzig Jahre alte Dame suchte Schuhe für den Abend. Sie erzählte Susanne, dass sie früher immer

Pumps getragen habe, aber mittlerweile auf flache Schuhe umgestiegen sei. Nach dem letzten Wochenende hatte ihr Mann sie gebeten, endlich mal wieder vernünftige Absatzschuhe zu tragen, er fand sie mit flachen Schuhen wenig weiblich und andere Damen ihres altersgleichen Bekanntenkreises trugen hohe Absätze.

„Was Männer immer wollen. Jetzt muss es ein hoher Absatz sein. Wir sind oft eingeladen und dann sieht er die Frauen mit Pumps. Und das kann ich Ihnen sagen, andere Frauen wirken auf Ehemänner anders als die eigene. Mein Mann soll sich mit mir nicht schämen müssen, daher werde ich zukünftig hohe Absätze tragen."

Traurig, dachte Susanne, anziehen für die Öffentlichkeit.

Der Ehemann wollte glänzen, er wollte seine Frau attraktiv. Ihre offene, warmherzige Ausstrahlung nützte gar nichts, sobald sie auf der Grundlage typisch weiblicher Klischees mit anderen Frauen ins Verhältnis gesetzt wurde.

Welche Frau besaß den größten Reiz, egal ob mit gepolsterten Lippen, aufgeschäumten Brüsten oder hohen Pumps? Erkennbar ansehnlich für andere musste sie sein. Der Mann wollte zeigen, was er sein Eigen nannte. Susanne erinnerte sich an Bilder von Viehauktionen, bei denen die Besitzer ihre Tiere an der Leine vorführten, um sie beurteilen zu lassen.

Setzte Martin sie auch ins Verhältnis zu anderen Frauen? Es würde sie kränken.

Sie zeigte der Kundin einige Modelle, die ohne Zögern Schuhe mit halbhohen Absätzen aussortierte. Laufen auf hohen Absätzen fiel ihr sichtlich schwer, nur auf einem

Modell eines bekannten Designers, der über langjährige technische Erfahrungen mit Absatzschuhen verfügte, klappte es ganz gut. Dass diese Schuhe sehr teuer waren, schien die Kundin keineswegs zu berühren.

„Auf diesen Schuhen kann ich sogar mal ein paar Schritte gehen. Die nehme ich, auch wenn sie ein Vermögen kosten. Wenn mein Mann will, dass ich hohe Schuhe trage, muss er eben einen hohen Preis zahlen. Das wäre ja noch schöner, wenn ich mir billige aussuchen würde. Packen Sie sie bitte ein."

„Dieser Designer macht wirklich sehr gute und schöne Schuhe", bestätigte Susanne die Wahl der Kundin und strich ein letztes Mal über die Spitze, bevor sie die Schuhe in den Karton packte. Dabei ergänzte sie: „Er zieht sie alle an, er fertigt Schuhe für Models bis zu zwölf Zentimetern Absatz, und sie laufen auf den Schuhen."

Die Freude der Kundin, zukünftig dem Wunsch ihres Mannes zu entsprechen, stellte die Schönheit des Schuhs in den Schatten. Ihr waren die schlanke, leicht gestreckte Form und das weiche Kalbsleder gar nicht aufgefallen. Oberste Priorität hatte der hohe Absatz. Schade, dachte Susanne, vielleicht merkt sie beim Tragen, was sie für wunderbare Schuhe gekauft hat.

Es befand sich bereits eine weitere Dame im Geschäft, die oft kam, neue Modelle anschaute und auch kaufte oder ein bisschen erzählte. Heute wollte sie sich präsentieren. Weil Susanne keine Veränderung an ihr auffiel, wies sie auf ihre Augen und merkte an, dass sie sich ihre Schlupflider hatte korrigieren lassen: „Ich fand mich doof mit den Schlupflidern. Vor allen Dingen konnte ich mir keinen Lidstrich ziehen. So finde ich es richtig gut. Was meinen Sie, ist es gut geworden?"

Überrascht bejahte Susanne die Frage, fand allerdings gedanklich, dass die Augen unnatürlich wirkten. Sie klimperten wie bei einer Puppe und schauten wie aufgeklappte Glotzen in die Welt. Es war nicht mehr der individuelle Gesichtsausdruck dieser Frau. Die Augen sahen aus, wie sie idealerweise aussehen sollten, damit die Kosmetikbranche ihr Geld verdienen konnte.

„Was sagt Ihr Mann dazu?", erkundigte sich Susanne, die den Mann einmal im Geschäft gesehen hatte. Er war ein sportlicher Typ, bei dem der Wunsch nach einem kopierten Model als Ehefrau schwer vorstellbar war.

„Er weiß es gar nicht. Ich glaube, dass es ihm nicht auffällt. Er hätte sowieso Nein dazu gesagt. Eigentlich ist es mir egal, ich muss mich schön finden", antwortete die Dame und zog dabei ihre Schultern hoch. Während ihrer weiteren Ausführungen ging sie immer wieder zum Spiegel und strich mit dem rechten Mittelfinger über ihre bearbeiteten Augenlider.

Martin würde sich sofort von mir trennen, wenn ich in meinem Gesicht herumschnippeln ließ – von wegen, fällt ihm nicht auf, sinnierte Susanne.

Chefin kam und begrüßte beide laut und deutlich. Dass es bereits so spät war, verblüffte Susanne, denn Martin hatte bislang nicht angerufen. Kurz warf sie einen Blick auf die Uhr. Tatsächlich, gleich habe ich Feierabend. Anscheinend bin ich ihm vollkommen gleichgültig. Er denkt nur an sich, konstatierte Susanne desillusioniert und kämpfte mit den Tränen.

Nachdem Chefin ihre Taschen und ihren Mantel abgelegt hatte, riss sie das Gespräch an sich und stellte sich mit irgendwelchen Wetterbemerkungen in den Mittelpunkt. Die Dame verabschiedete sich und bat Susanne flüsternd, niemand von dem Eingriff zu erzählen."

Susanne murmelte ein Ehrenwort und wünschte der Kundin beim Hinausgehen ein schönes Wochenende. Gleichzeitig bemerkte sie vor dem Fenster eine sehr gut gekleidete, große Frau, die jeden Schuh in der Auslage genauestens in Augenschein nahm. Beim Betreten des Geschäftes winkte sie mit ihrer rechten Hand ab und meinte mit russischem Akzent: „Sie können mir nicht helfen. Ich will nur schauen. Wissen Sie", dabei zog sie zweimal kurz hintereinander Luft in die Nase, rümpfte sie und veränderte ihren Mund, als sei sie angeekelt. Eine aufrechte Erscheinung, die sich in kleinen abgehackten Schritten durch den Laden bewegte, gelegentlich einen Blick auf Chefin und Susanne warf, ihre Nase rümpfte, zweimal Luft einzog und angewidert schaute.

Auffallende Mimik oder ein Tick, aber top gestylt, dachte Susanne und fühlte sich wie Aschenputtel. Diese Frau verschaffte sich Respekt durch ihre kerzengerade Körperhaltung, dem tadellos geschminkten Gesicht, der abgestimmten Kleidung namhafter Designer und letztlich dem gezielten Abschreiten der Regale mit unbeirrt kritischem Blick auf die Schuhe.

Wie ein Kommandant, der seine Rekruten kontrolliert, fand Susanne. Es fiel ihr schwer, sich an der Seite dieser russischen Schönheit einen Mann vorzustellen, den sie geschmeidig umarmte. Ihr Äußeres, ihre

Bewegungen glichen einer Comicfigur. Susanne war erleichtert, als die Dame sich mit einem Dankeschön und einem großen Lob für die „wunderbare Kollektion" verabschiedete. Zumindest hatten die Schuhe die außergewöhnlich kritische Prüfung bestanden und konnten sich jetzt bedenkenlos sehen lassen.

„Wenn ihr die Schuhe so gut gefallen, dann verstehe ich nicht, warum sie keine kauft", bemerkte Chefin schnoddrig, „bei der Garderobe sollte es doch nicht am Geld scheitern. Wer weiß, welches Waffengeld oder Mafiascheine sie reinwäscht."

„Nicht ganz Russland gehört zur Mafia", entgegnete Susanne und holte ihren Mantel und ihre Reisetasche, um sich zu verabschieden. Die Reisetasche weckte bei Chefin Neugierde: „Wo willst du hin?"

„Ich bin bei meiner Schwester eingeladen und fahre heute nach Bielefeld", antwortete Susanne.

„Du allein? Martin bleibt hier?", bohrte Chefin. „Habt ihr euch denn wieder vertragen?"

Beiläufig reagierte Susanne mit „ja, ja" und tat so, als wäre alles in Ordnung. Augenblicklich wurde ihr Kloß im Hals dicker und sie vermied zu reden.

8

Innerlich aufgewühlt und voller Widersprüche schritt Susanne traurig den Bahnsteig auf und ab. Möglicherweise war es falsch, Martin im Ungewissen gelassen zu haben. Am liebsten hätte sie ihn angerufen, doch die

Erinnerung an das gestrige Telefonat hielt sie davon ab. Unter Umständen hatte er es gar nicht bemerkt, dass sie nicht nach Hause kam.

Der Lautsprecher auf dem Bahnsteig verkündete eine Verspätung von ungefähr fünfzehn Minuten, worauf sie unnötig auf ihre Armbanduhr sah und mit leichtem Seufzer das Gehen wieder aufnahm. Im Vorbeigehen erkannte sie die Dame aus der Volkshochschule mit einem Koffer. Susanne grüßte freundlich und gewohnheitsmäßig fiel ihr Blick auf die Schuhe. Sie trug schlichte Keilabsatzschuhe in violett zu dunklen Strümpfen mit wadenlangem Mantel in schwarz. Das Modell kannte Susanne nicht, violettfarbene Schuhe wurden selten verlangt. Nur eine ganz bestimmte Gruppe Frauen trug bevorzugt Stiefeletten in violett, grün, dunkelrot und die dazu passende Garderobe, dem sogenannten Lagenlook, der sich durch Gummizüge und weite Formen als besonders bequem auszeichnete.

Martin konnte Violett nicht ausstehen. In seinen Augen hatten Frauen diese Farbe missbraucht und ihrem eigentlichen Symbol entfremdet. Ursprünglich bestand sie zu gleichen Teilen aus Blau für den Mann und aus Rosé für die Frau, bildete eine Einheit aus zwei Geschlechtern. Seiner Ansicht nach trugen gegenwärtig diejenigen Frauen Violett, die nur darauf aus waren, Männer zu denunzieren. Wie Hyänen stürzten sie sich auf jedes Zeichen von Ungleichheit im Geschlechterverhältnis.

Vielleicht trage ich auch Violett, wenn ich auf Martin keine Rücksicht mehr nehmen muss, erwog Susanne, war sich dennoch sicher, nie zum harten Kern der Feministinnen zu gehören.

„Guten Tag, entschuldigen Sie bitte, ich musste erst überlegen, jetzt weiß ich, wer Sie sind. VHS – ja, ja. Nochmals vielen Dank für Ihre Hilfe. Warten Sie auch auf den Zug mit Verspätung?", fragte die Dame freundlich, die mit der rechten Hand ihre kastanienfarbenen Haare aus dem Gesicht strich. Dabei fiel Susanne die weiße Stirn auf, die sich von der ansonsten gebräunten Haut deutlich abhob.

„Ja", antwortete Susanne, „es ist nicht schön, wenn man auf dem Bahnsteig hin und her laufen muss, um die Zeit herumzubekommen. Man hat das Gefühl, dass fünfzehn Minuten ewig dauern."

„Da gebe ich Ihnen recht", sagte die Dame und schaute ungeduldig auf die Uhr. „Die Zuverlässigkeit öffentlicher Verkehrsmittel ist sehr eingeschränkt."

„Es handelt sich zum Glück nur um wenige Minuten", reagierte Susanne.

„Hoffentlich bleibt es dabei, ansonsten werde ich wieder Probleme mit den Anschlüssen bekommen", erklärte die Dame mit verstimmtem Unterton und schaute in Richtung des zu erwartenden Zuges. Die meisten Wartenden starrten in diese Richtung als ob der Zug überraschenderweise doch pünktlich eintreffen würde.

„Müssen Sie oft umsteigen?" fragte Susanne, um das Gespräch nicht einfach abzubrechen.

„Ja, ich muss ein Flugzeug bekommen", antwortete sie knapp. „Die Anbindung von hier an größere Städte ist notdürftig, immer wieder entstehen Verzögerungen."

Wenn das meine Sorge wäre, dachte Susanne, dann ginge es mir besser als jetzt.

Das Leben hing nicht von einem Flug ab, aber ihr Leben hing von Martin ab. Mittlerweile war sie unsicher, ob sich ihre Ehe einfach wieder einrenken würde. Er hatte keinen Kontakt zu ihr aufgenommen, und sie wollte sich nicht erniedrigen und bei ihm anrufen. Bis der Zug einfuhr, redete Susanne mit der Dame über Vor- und Nachteile des öffentlichen Nahverkehrs und half ihr anschließend, den schweren Koffer in den Zug zu heben. Dann verabschiedeten sie sich und wünschten sich gegenseitig eine gute Reise.

Heilfroh, nicht mit jemandem reden zu müssen, versuchte Susanne sich vergebens auf eine Zeitschrift zu konzentrieren. Stickige, feuchte Luft, schmuddelige Sitzpolster, schmutzige Fensterscheiben sorgten für eine miserable Atmosphäre, der man schnell entkommen wollte.

In einer der anderen Sitzgruppen unterhielten sich drei Frauen in einer fremden Sprache und zogen die Blicke der anderen Fahrgäste auf sich. Während Susanne über das Temperament fremder Kulturen nachsann, meinte sie plötzlich in manchen Augen ihrer Mitfahrer Bewunderung für diese vorbehaltlose Lebendigkeit zu erkennen.

An der Frontseite des Waggons entdeckte sie die Werbung einer Reisegepäckversicherung. Ein gutaussehender Mann in einem makellosen Anzug stellte einen Zugreisenden dar. Dass Geschäftsleute mit dem Zug zu Sitzungen unterwegs waren, erschien ihr unbegreiflich. Noch nie hatte sie einen ähnlichen Mann wie auf dem Werbebild im Zug gesehen, der sich im Anzug mit seinem Laptop auf dem Weg zu einem wichtigen Termin befand. Sie war der Meinung, dass jemand, der Bahn gefahren war, erst einmal duschen und seine Kleidung wechseln musste, um den typischen Geruch loszuwerden. Der Zugreisende auf dem Werbebild ähnelte mehr einem Passagier im Privatjet.

Warum hatte Martin sie nicht angerufen? Wäre sie an seiner Stelle gewesen, sie hätte sich nicht mit einer solchen Nachricht zufriedengegeben. Wollte er, dass sie den Schlussstrich zog, weil sie sein Fremdgehen nicht ertragen konnte? Dazu würde sie sich nicht provozieren lassen. Wenn er eine andere hatte, dann musste er sich trennen.

9

Esther lebte seit ungefähr zehn Jahren mit ihrem Lebensgefährten Klaus in einer kleinen Wohnung in der Innenstadt von Bielefeld. Auf eine Heirat hatten sie verzichtet, da sich finanziell kein Vorteil abzeichnete. Die Sorge um den anderen war mit oder ohne staatliche Verpflichtung gegeben und die Liebe ließ sich mit oder ohne Vertrag nicht garantieren ließ. Beide arbeiteten halbe Tage, Klaus als Betreuer in einer Schwerbehindertenwerkstatt und Esther als Erzieherin in einem städtischen Kinderhort. Sie nahmen finanzielle Einschränkungen zugunsten von mehr gemeinsamer Zeit in Kauf. Daher verfügten sie über wenig Geld, viel Zeit, lebten in den Tag hinein und Zufälligkeiten waren ihnen willkommen.

Susanne kritisierte die gedanken- und planlose Lebensweise ihrer fünf Jahre jüngeren Schwester und machte immer wieder auf die notwendige, vertraglich festgelegte, materielle Sicherheit in einer Beziehung aufmerksam. Still für sich, hielt sie eine Ehe mit einem Zusammenleben nicht vergleichbar.

Den kurzen Weg vom Bahnhof bis zur Wohnung ging Susanne zu Fuß. Esther und Klaus wohnten in der ersten Etage eines alten Hauses direkt am Park unweit vom Bahnhof. Hinter einem kleinen Gartentor befand sich die niedrige Haustür, von wo eine schmale, knarrende Treppe den Weg hinauf in die Wohnung wies, in der sich ein markanter Geruch nach geöltem Naturholz niedergeschlagen hatte. Susanne mochte diesen leicht herben Duft.

Noch bevor sie ihren Mantel ablegte, ließ sie sich weinend in Esthers Arme fallen mit dem Gefühl eimerweise Tränen zu vergießen. Esther hielt Susanne ganz fest und streichelte ihren Kopf. „Aufgehoben, endlich", weinte Susanne gelöst. Martin hatte sie schon lange nicht mehr in seinen Armen gehalten, und als er sie beim letzten Mal umarmen wollte, sollte sie sich nur beruhigen, damit die Situation nicht eskalierte.

Der Geruch frischen Kaffees drang aus der Küche in den Flur. Esther hatte einen Kuchen gebacken und sogar Blumen auf den Tisch gestellt. Susanne lobte zwischendurch Esthers Kuchen, während sie ohne große Umschweife detailliert das gegenwärtige Problem mit Martin schilderte. Dabei brach sie immer wieder in Tränen aus und brachte ihre Angst vor der ungewissen Zukunft sowie einem Leben als Single zum Ausdruck.

„Will Martin sich trennen?" fragte Esther direkt.

„Ich denke schon", antwortete Susanne und schüttelte den Kopf, „ich habe sogar den Eindruck, er will mich mit seinem Verhalten provozieren, damit ich mich trenne."

„Das glaube ich nicht. Es ist nicht Martins Art. Er sagt immer, was er will und was er denkt", entgegnete Esther, schenkte Susanne erneut Kaffee ein, lehnte sich zurück und zog ihren rechten Fuß mit auf die Sitzfläche, ohne ihre Stiefel auszuziehen.

„Das stimmt, er formuliert unmissverständlich seine Bedürfnisse. Aber diese neue Frau?", ergänzte Susanne und hielt mit beiden Händen die Kaffeetasse fest.

Esther steckte sich eine Zigarette an, nahm einen tiefen Zug und fragte: „Wer ist es denn, kennst du sie?"

„Das sagt er nicht, obwohl ich schon dachte, ihm auf die Schliche gekommen zu sein. Ich hatte eine junge Blondine aus dem Vertrieb seiner Zeitung in Verdacht."

„Susanne", empörte sich Esther, „was soll das denn, auf die Schliche gekommen? Meinst du, dass Martin dich anlügt?"

„Ja, sicher. Ach, eigentlich nicht, aber als er mir mitteilte, dass ein Mensch in sein Leben getreten war, den er nicht übersehen kann und will, dachte ich, so einen bedeutenden Menschen lernt man wohl nicht an einem Abend kennen. Ich fand es ohnehin blöd, wie geschwollen er seine Affäre ausdrückte. Ein Mensch sei in sein Leben getreten, den er nicht übersehen wolle." Jetzt weinte Susanne erneut, schluchzte laut schniefend ins Taschentuch und merkte, wie sich aufsteigende Wut in ihr ausbreitete und wie ohnmächtig sie war. Ohne Macht, zu intervenieren.

Auch wenn Esther Susannes Sorgen außerordentlich ernst nahm, riet sie Martins Situation mit zu berücksichtigen: „Stell dir mal Martins Gefühle vor, wenn er zu seiner Ehefrau kriechen muss, weil er seine Empfindungen für einen anderen Menschen nicht verschweigen will. Handelt es sich um eine Frau oder meinst du, weil er dir nicht sagt, wer es ist, es ist ein Mann?"

„Daran habe ich noch gar nicht gedacht. Das glaube ich nicht, schwule Männer mag er nicht besonders. Er findet es lächerlich, wie sie die Rollenklischees von kleinbürgerlichen Ehepaaren übernehmen. Ich bin mir sicher, er sprach von einer Frau sprach."

Im Verlauf problematisierten sie Situationen langjähriger ahnungsloser Ehefrauen, in denen der Mann sich irgendwann als Schwuler outete. Esther berichtete von einem Ehepaar mit drei Kindern, wo der Mann sich im Alter von vierzig Jahren als homosexuell zu erkennen gegeben hatte. Die Familie lebte weiterhin zusammen, wenngleich der Mann an manchen Wochenenden zu seinem Freund in eine andere Stadt fuhr.

„Angenommen, Martin wäre in einen Mann verliebt, dann könnte ich besser damit umgehen. Die Ursache läge in seinen psychischen wie auch physischen Bedingungen und unabhängig von seinem persönlichen Bedürfnis. Ich könnte ihn nicht anklagen", sagte Susanne.

„Komisch, einen schwulen Freund wärst du bereit zu akzeptieren, aber bei einer Frau gehst du auf die Barrikaden", wandte Esther ein und schüttelte den Kopf.

„Meine Ohnmacht macht mich wütend, schließlich stehe ich auf dem Abstellgleis und kann nur abwarten. Stell dir vor, dein Mann sagt dir: Schau her, hier ist eine andere, und damit musst du fertig werden. Die nehme ich jetzt, weil sie so wunderbar ist."

„In dieser Form ist Martin nicht aufgetreten. Er hat den Wunsch geäußert, die Sache mit dir zu lösen. Ich frage mich sowieso, was macht es denn aus, wenn er ab und zu mit einer anderen Frau zusammen ist? Was nimmt er dir weg? Seid ihr sonst immer zusammen? Bist du einsam, wenn er mal nicht da ist? Nein, so ist es nicht. Ich glaube, auch du hättest gern selbst wieder Kribbeln im Bauch, aber jetzt hat er es, und das kannst du nicht aushalten. Warum gönnst du es ihm nicht?"

„Nicht gönnen? Wir sind ein so vertrautes Paar, und das möchte ich mit ihm bleiben. Warum setzt er uns aufs Spiel? Ich will so gern mit ihm glücklich sein." Susanne begann wieder zu weinen.

„Hast du nicht in unserem letzten Telefongespräch gesagt, dass Martin seit einiger Zeit sehr ausgeglichen ist, viel redet und ihr zusammen viel Freude habt? Als du nichts von der anderen Frau wusstest, hast du seine offene Art genossen. Nun siehst du in seiner Veränderung eine Bedrohung, da du fürchtest, er könnte die andere lieber mögen. Ich kann dich verstehen, aber wenn man realistisch darüber nachdenkt, hat diese Frau ihn positiv verändert. Du willst ihn wieder so, wie er immer war? Stets leicht muffig, recht bequem und ein bisschen egozentrisch. Ich erinnere mich, dass du dich häufig über seine Art beschwert hast. Nimm ihn doch so, wie er jetzt ist, spritzig, locker, freundlich und nicht mehr muffig", riet Esther und zündete sich eine weitere Zigarette an.

„Auf keinen Fall. Meinst du Bigamie? Ohne mich, entweder ich als seine einzige Frau oder die Ehe ist vorbei. Schon der Gedanke, dass er mit der Neuen im Bett war, ist unerträglich. Ich möchte einen Mann für mich allein haben. Wie soll sich ein Leben zu dritt abspielen? Martin und ich verbringen einen schönen Tag und abends verabschiedet er sich, um mit der Neuen die Nacht zu leben? Ich muss dann ‚Wetten dass …?' anschalten, und mir ansehen, was Leute alles zustande bringen, um ihr unbefriedigtes Leben zu kompensieren. Nein, das will ich nicht", antwortete Susanne überzeugt. Sie war sich ganz sicher, dass eine solche Geschichte mit ihrer Moral unvereinbar war. Ihr einziges Entgegenkommen bestand darin, Martin einen Zeitraum zuzugestehen, sich zu entscheiden.

Noch eine Weile blieben die beiden am Tisch sitzen, tranken viel Kaffee und sprachen über Liebe, Treue und Sex als grundlegende Elemente einer idealen Ehe, Esther mit einer skeptischen Grundhaltung, Susanne mit fester Überzeugung. Mann und Frau liebten sich, waren sich treu und hatten gemeinsamen Sex. So einfach war die Geschichte. Verliebte sich der eine oder die eine und ließ sich verführen, dann berief man sich auf die gewohnte Liebe sowie die geschworene Treue und schon war es vorbei mit den Fisimatenten. Der Volksmund nannte diese Handlung Seitensprung. Ein verheirateter Mensch sprang vom geraden Weg der Treue mal zur Seite. Aber er kam zurück.

So vergingen die Stunden. Susanne tat das Gespräch mit ihrer Schwester gut, und sie freute sich auf das Treffen mit ihrer Bekannten.

10

Susanne erwartete Renate in ihrem früheren Lieblingslokal Avantgarde. Es befand sich in der ersten Etage eines Einkaufszentrums und war besonders beliebt wegen der vielen Fenster, die einen Blick in das Treiben der Innenstadt ermöglichten. Seit Jahren unverändert, hatte es kaum an Frische eingebüßt. Immer noch befanden sich in dem kleinen Raum an drei schmalen Wänden wechselnde Malereien von Bielefelder Künstlern. Die vertraute Atmosphäre weckte in Susanne Erinnerungen an das lebendige und schöne Leben in Bielefeld. Gleichzeitig gestand sie sich ein, dass es nicht nur schön gewesen war und sich gerade an diesem Lokal manche Auseinandersetzung mit Martin entfacht hatte. Er ging ungern hierher und daher ging er eigentlich nie. Widerwillig duldete er Susannes Vorliebe und versuchte sie davon zu überzeugen, dass sich teuer gekleidete Spinner mit überhöhten Preisen gekünstelte Atmosphäre kauften, damit sie sich gegenseitig die Taschen vollquatschen konnten. Er lobte die schmuddelige Szenekneipe im Viertel, in der angeblich stets Gespräche über den fassbaren Sinn des Lebens stattfanden.

Susanne hielt ihm entgegen, dass sich auch die Szene kritischer Intellektueller uniformiert zeigte, fast alle männlichen Gäste trugen Jeans, T-Shirt, Blazer und eine bestimmte Sorte Schuhe. Ihre Besonderheit machten die unterschiedlichen, passend zur Kleidung gewählten Schals aus, die für jeden sichtbar lässig auf den Revers der Blazer lagen. Susanne war fest davon überzeugt, dass diese Männer vor dem Kleiderschrank standen und bewusst keine frisch gebügelte Hose anzogen, sondern sich für eine möglichst zerknitterte entschieden. Selbst die gefahrenen Autos gehörten zu einer bestimmten Kategorie. Und wer etwas auf sich hielt, trank Hefeweizen. Da alle etwas auf sich hielten, tranken alle Hefeweizen. Derartige Auseinandersetzungen hatte es später nicht mehr gegeben, denn die Kleinstadt verfügte lediglich über zwei annehmbare Kneipen, die vorbehaltlos von gemischtem Publikum besucht wurden.

Susannes Schweifen in der Vergangenheit wurde von eintreffenden Renate unterbrochen. Die beiden Frauen umarmten sich herzlich. Susanne stellte sofort fest, dass Renate nicht nur älter, sondern auch viel dicker geworden war. Als sie sich, schnaufend vom Treppensteigen, mit ihrem beleibten Körper auf den gepolsterten Stuhl fallen ließ, fielen ihre langen, borstigen Haare nach vorn. Sie machten einen ungepflegten Eindruck. Renate trug Gesundheitssandalen zu weiter Kleidung, die ihren massigen Körper kaschierte.

Lange Zeit hatten sie sich nicht gesehen und waren sie sich ein bisschen fremd geworden. Langsam tasteten sich in der Unterhaltung über allgemeine Begebenheiten aneinander heran.

„Ich nehme Kaffee und Kuchen. Bin ich denn blöd und verzichte auf einen süßen Hochgenuss? Die Zeiten sind vorbei. Die Hälfte meines Lebens ist längst vorbei und ich esse, was ich mag. Egal, was andere denken, schließlich muss ich mich ja mögen", meinte Renate, nachdem sie sich zwei Stückchen Sahnetorte bestellt hatte.

Renate war siebenundvierzig Jahre alt, seit zehn Jahren geschieden und lebte allein. Ihre beiden Kinder waren mittlerweile erwachsen und von zu Hause ausgezogen. Sie hatte sich von ihrem Mann getrennt, weil er seine Leidenschaft für Frauen nicht auf sie allein beschränken konnte, sondern sich fortwährend aufs Neue verliebte. In den ersten Jahren ihrer Ehe versuchten sie in regelmäßigen Abständen die kriselnde Beziehung mit irgendwelchen Hilfsmitteln aufzufrischen, aber letztendlich scheiterten sie.

Renate ergründete nicht, warum ihr Mann sich immer wieder verliebte, sondern fühlte sich von den Eskapaden der Ehe aufgezehrt und suchte Ruhe und Kraft mittels therapeutischer Hilfe. Nachdem Susanne ihr von ihrem gegenwärtigen Beziehungsdrama mit Martin berichtete, hielt Renate sich mit ihren Ratschlägen nicht zurück: „Trenn dich am besten sofort, ansonsten frisst es dich auf. Irgendwann lässt er dich sowieso fallen wie eine heiße Kartoffel. Glaub es. Du kannst nachher nicht mehr."

Susanne entgegnete mit gesenkter Stimme, dass sie sich nicht trennen wollte, sondern mit Martin das bisherige glückliche Leben wieder anstrebte.

„Das funktioniert nicht. Mein Mann und ich haben alles ausprobiert: Eheberatung, Tai-Chi, Qi Gong, Tantra-Massagen, schweigendes Wandern und vieles mehr. Sobald du mit ihm ins Bett gehst, kannst du dich nicht mehr fallen lassen, sondern du denkst an die andere, fragst dich, wie sie aussieht, ob sie einen Bauch hat oder große Brüste, ob sie ihm etwas ins Ohr flüstert, ob er ihr sagt, dass er sie liebt. Vergiss, was du vorhast, sobald eine Vase einen Sprung hat, hält sie kein Wasser mehr."

Susanne erwähnte, Martin Zeit für eine Entscheidung einräumen zu wollen.

„Mach das nicht. Ich habe mich auch auf solche Kompromisse eingelassen, und was war? Er fuhr mit seiner Freundin in den Urlaub und mir gaukelte er Selbstfindungsgründe vor. Der Reiz einer frisch verliebten Frau ist größer als die langjährige Vertraute mit ihrem Geheule. Am Ende hast du kein Selbstvertrauen mehr, siehst aus wie das wandelnde Elend, und spätestens dann findet er dich richtig zum Kotzen. Also kannst du die Beziehung besser sofort beenden in der Gewissheit nicht draufzugehen."

Renate überging Susannes konkretes Anliegen und teilte weiterhin ihre Erfahrungen als Warnungen und Ratschläge mit: „Ich kann dir nur sagen: Denk an dich. Du bist doch auch bald in den Wechseljahren. Du hast keine richtige Lust mehr, dazu hier ein Zipperlein, da ein Zipperlein. Spätestens in dieser Zeit sucht er sich wieder eine andere und du lädst die Schuld auf dich. Ein Mann trägt die Wechseljahre einer Frau nicht mit, weil er junge Knospen und keine verwelkten Blüten will."

Susannes Einwand, dass die Existenz langjähriger Beziehungen Gegenteiliges bewies, erfuhr bei Renate keine Billigung.

„Sobald Frauen sich unterdrücken lassen, funktioniert die Geschichte dauerhaft, aber mit einer selbstbewussten Frau sind die meisten Ehen schon nach einigen Jahren hinüber. Wenn ich die Therapie nicht gehabt hätte, dann würde ich heute noch wegen meiner gescheiterten Ehe heulen."

Nachdem Susanne sich erkundigte, ob sie einen neuen Lebenspartner gefunden hatte, setzte Renate ihren Monolog fort: „Nach der Scheidung lernte ich im Urlaub einen Mann kennen. Damals war ich mitten im Aufbau meines Selbstbewusstseins und aus diesem Grund noch nicht wieder beziehungsfähig. Wir besuchten uns regelmäßig, führten phantastische Gespräche, Sex hatten wir im ersten Jahr gar nicht. Nicht, dass ich mich geekelt hätte, aber ich wollte mein Selbst so weit aufpolieren, dass ich sicher sein konnte. Nachdem er sich nicht mehr hinhalten ließ, bin ich dummerweise mit ihm ins Bett gegangen. Trotz meiner Zweifel wollte ich es unbedingt. Pustekuchen, ein enormer Rückschritt für mich und ich stand wieder am Anfang. Nach dieser Nacht wollte ich ihn nicht wiedersehen, denn er hatte mich im Grunde genommen mit seiner Ungeduld vergewaltigt."

Neugierig fragte Susanne, ob sie keine Gefühle für den Mann entwickelt hatte.

„Doch, schon, allerdings konnte ich in der Zeit nicht unterscheiden, ob es sich um Schuldgefühle oder Sympathiegefühle handelte. Mittlerweile weiß ich dank meiner Therapie genau, welche Gefühle ich habe und zulassen kann."

In dieser einseitigen Form verlief das Gespräch weiter. Renate redete ununterbrochen über ihr eigenes

Wohl, stellte sich in den Mittelpunkt der Welt, sodass Susanne die positive Wirkung der Therapie in Frage stellte. Als Renate sich verabschiedete, war Susanne froh, den ichbezogenen Belehrungen nicht mehr ausgesetzt zu sein.

Auf dem Weg zu Esther dachte sie über Renates Veränderung nach. Das aufpolierte Selbstbewusstsein äußerte sich bei ihr in Selbstsucht und schien damit mehr hinderlich als nützlich für eine Beziehung zu sein. So will ich niemals enden, eine gescheiterte Beziehung wird sich auch ohne Therapie verarbeiten lassen. Ich wäre schließlich nicht die erste geschiedene Frau.

11

Am letzten Abend ging Susanne mit Esther ins Kino. Neben ihr saß ein Mann mittleren Alters und raschelte mit seiner Popcorntüte. Obwohl es ihr auf die Nerven ging, mochte sie ihn nicht bitten, leiser zu essen und daher schaute sie mehrfach vorwurfsvoll zu ihm hinüber. Prompt hielt er ihr die Tüte hin und forderte sie schmunzelnd auf: „Helfen Sie mir, dann ist sie schneller leer, Sie haben Ihre Ruhe und ich kein schlechtes Gewissen. Ansonsten dauert das Rascheln noch länger. Ich bin nämlich popcornsüchtig und höre erst auf zu essen, wenn die Tüte leer ist."

Ohne zu überlegen griff Susanne lächelnd in den Papierbeutel, aß Popcorn und unterhielt sich scherzend mit ihm über essende Störenfriede bis der Film anfing.

Beim anschließenden Kneipenbesuch traf sie ihren dunkelhaarigen, gutaussehenden Sitznachbarn wieder.

„Leider kann ich Ihnen jetzt kein Popcorn mehr anbieten, schließlich Sie haben mir die Tüte leergegessen", sagte er und sah sie mit seinen großen, braunen Augen an.

„Das tut mir leid, dann lade ich Sie stattdessen zu einem Bier ein."

Sich gegenseitig neckend, tranken sie Bier und unterhielten sich über alle möglichen Erscheinungen des Lebens. Nach einer Weile fragte Esther, ob Susanne mit nach Hause gehen wollte. Zögerlich verabschiedete Susanne sich und wünschte dem reizvollen Mann noch einen schönen Abend.

„Ich glaube nicht, dass dieser Abend zu steigern ist", lächelte er, „aber vielleicht sehen wir uns demnächst wieder. Ich würde mich freuen."

„Vielleicht", antwortete Susanne.

Mit gemischten Gefühlen begleitete sie ihre Schwester nach Hause. Sie war sich nicht sicher gewesen, ob sie mitgehen oder bleiben sollte, denn der Mann hatte etwas Einnehmendes. Die Sorge um ihre Beziehung war für einige Stunden verschwunden gewesen. Auch jetzt noch fühlte sie sich leicht und beschwingt. Die neue Bekanntschaft gefiel ihr und gab ihr Kraft.

Wenn Martin sich trennt, dann ziehe ich wieder nach Bielefeld, dachte sie. Hier finde ich einen Mann, der mir gefällt. Ihre Zuversicht war durch das nette Gespräch mit dem Mann gewachsen und sie kehrte voller Optimismus aus dem Wochenende nach Hause zurück.

12

Als Susanne nachmittags zurückkam, schlug ihr bereits an der Wohnungstür der widerliche Geruch von Zwiebelabfällen entgegen. Sie hatte vor ihrer Abreise keine Zwiebeln geschält. Vielleicht Martin? Hatte er hier gestern für sich und seine Neue gekocht? Zuerst öffnete Susanne die Spülmaschine, doch das wenige schmutzige Geschirr bestätigte ihre Vermutung nicht. Auch auf der Spüle stand allein ein schmieriges Weinglas, das Martin anscheinend das ganze Wochenende benutzt hatte, ohne es nur einmal abgewaschen zu haben. Mit spitzen Fingern nahm sie das Glas in die Hand und betrachtete es. Im Kelch klebte Rotwein, und das ganze Glas einschließlich Stiel war blind durch fettige Fingerabdrücke. Susanne hasste diese Eigenart an Martin. Wenn sie ihm kein frisches Glas gab, nahm er dasselbe über Wochen und behauptete, Rotwein aus frisch gespülten Gläsern schmecke nicht besser. Obendrein legitimierte er seine Gleichgültigkeit durch den Vorwurf, dass ihr übertriebenes Sauberkeitsbedürfnis nichts mit natürlicher Hygiene zu tun habe, sondern Anfänge einer krankhaften Phobie seien.

Susanne verließ die Küche und rief sicherheitshalber laut seinen Namen, um sich bemerkbar zu machen. Aber Martin war tatsächlich nicht da. Vorsichtig öffnete sie seine Zimmertür. Ein erster Blick: sein Bett – es war zerwühlt. Ihr Herz klopfte so laut, dass sie jeden Schlag wahrnahm. Sie hatte Angst, einerseits Spuren von der

Neuen zu entdecken, andererseits keine zu finden. Die Unordnung im gesamten Raum, kreuz und quer liegende CDs, Zeitschriften, Bücher, Arbeitsmaterialien zusammen mit schmutzigen Kleidungsstücken, glich einem Schlachtfeld, aber keinem Liebesnest. Dreckige Socken vor dem Bett gehörten zur bekannten Angewohnheit, die Susanne versicherte, dass hier keine fremde Frau übernachtet hatte. Auch im Wohnraum war keine Frau empfangen worden, denn das ausgekühlte Zimmer sprach Bände. Vielleicht hat er das Wochenende bei ihr verbracht, aber dann hätte er nicht gekocht.

Susanne ging in die Küche, um sich Kaffee zu kochen. Bis auf Marmelade und Margarine war der Kühlschrank leer. Freilich hatte Martin nicht angenommen, dass sie so lange fortblieb und die täglichen Dinge außer acht gelassen. Typisch, selbst geht der Herr nicht einkaufen, dachte Susanne. Flüchtig blätterte sie die alten Tageszeitungen durch, wobei ihr immer wieder die nette Art des Sitznachbarn aus dem Kino in den Sinn kam. Was wäre gewesen, wenn sie in Bielefeld gewohnt hätte? Sicherlich würden sie heute Abend zusammen Wein trinken oder nachmittags Kaffee. Nun blieb ihr nichts anderes, als auf ihren Mann zu warten, der sie in dieses Nest verschleppt hatte.

Mit dem Gedanken an das wohltuende Wochenende verschwand ihr schlechtes Gewissen, Martin im Unklaren gelassen zu haben. Zwar war es nicht nett von mir, dass er mich nicht erreichen konnte, aber was hat er mir alles angetan! Er hätte im Geschäft anrufen oder bei Esther nachfragen können, relativierte Susanne ihr Verhalten. Wenn er nach Hause kommt, werde ich ihm eine Frist von vier Wochen Zeit geben, damit er sich in Ruhe entscheiden kann. Ich habe keine Angst mehr vor dem Alleinsein. Ich bin mir sicher, ich werde einen anderen Mann finden.

Sie fuhr in einen Supermarkt, um Lebensmittel einzukaufen. Dort traf sie eine Bekannte aus ihrer früheren Sportgruppe, die sie lange nicht gesehen hatte. Zu jener Zeit hatten sie oft schöne Abende in einer Kneipe verbracht.

„Ich möchte so gern mal wieder mit dir ausgehen", wünschte sich ihre Sportbekannte und klimperte albern mit den Augenlidern, „wollen wir uns nicht verabreden?"

„Ja, gern. Von mir aus noch diese Woche. Ich habe Zeit und auch große Lust, mich mit dir zu treffen", meinte Susanne erfreut.

„Dir scheint es gutzugehen, du siehst nach Power aus. Vielleicht kannst du mir ein bisschen Energie abgeben. Los, Freitagabend um 20 Uhr in unserer alten Kneipe", bestätigte die Sportlerin fröhlich und umarmte Susanne herzlich. „Ich kann es kaum erwarten."

Mit Lebensmitteln beladen stieg Susanne langsam die Treppe zur Wohnung hinauf. Draußen hatte sie Licht in Martins Zimmer gesehen und überlegte, ob sie es angelassen hatte oder ob er schon zu Hause war. Zweifelnd öffnete sie die Wohnungstür, sah Martins schwarze Jacke gewohnheitsgemäß neben der Garderobe auf dem Stuhl liegen. Warum war er jetzt zu Hause? War seine Liebesgeschichte bereits vorbei? Sofort stellte sich ihr schlechtes Gewissen wieder ein, Martin durch ihr Fortbleiben am Wochenende gedemütigt zu haben. Susanne rief laut:

„Hallo." Martin rührte sich nicht. Sie brachte die Einkäufe in die Küche, danach hängte sie ihre Jacke an die Garderobe, klopfte an seine Zimmertür, ging hinein und versuchte, ihre Verlegenheit zu überspielen: „Hallo, hast du mich nicht gehört? Ich habe eingekauft. Es war nichts mehr im Kühlschrank."

„Was sollte die Vorstellung denn am Wochenende?", fragte Martin aggressiv und drehte ihr weiterhin den Rücken zu.

„Ich musste einfach weg. Ich konnte nicht mehr. Ich war völlig kopflos", antwortete Susanne mit weinerlicher Stimme, stakste zwischen den am Boden liegenden Arbeitsmaterialien bis vor seinen Schreibtisch, um ihn ansehen zu können. Noch hatte Martin seine Sitzposition nicht verändert, noch sah er Susanne nicht an. Dann legte er gleichzeitig seine beiden Hände vor sich auf den Schreibtisch, setzte sich aufrecht hin, lehnte sich zurück und betrachtete sie mit strengem Gesichtsausdruck und sie um Verständnis für sich bat, platzte es aus ihm heraus: „Hör auf zu jammern! Du kannst zu jeder Zeit verreisen, aber warum sagst du es mir nicht und legst zudem dein Handy demonstrativ auf den Tisch? Was sollte es bewirken? Sollte ich denken, dass du dich umbringst? Sollte ich ein schlechtes Gewissen haben? Sollte ich dich telefonisch ausfindig machen, um zu beweisen, dass ich dich liebe? Sollte ich hier auf Knien rutschen, damit du zurückkommst? Sollte ich meine Gefühle vergessen aus Sorge um dich? Ist es das höchste Glück für dich, mich leiden zu sehen? Sag, was wolltest du erreichen?"

Er hielt kurz inne, atmete tief durch, schien sich zu beruhigen: „Susanne, wenn du mich zu erpressen versuchst, lösen wir unser Problem niemals. Nicht nur du allein hast Gefühle, sondern ich habe auch welche. Meines Erachtens war bisher ein egoistischer Alleingang in unserem Leben ausgeschlossen. Was denkst du denn, wie es mir geht, wenn du einfach verschwindest? Ich frage mich, ob ich dich überhaupt interessiere. Sobald sich etwas gegen deine Vorstellung entwickelt, stellst du mich an den Pranger. Überleg mal, ist es das, was wir leben wollen?"

Susanne wagte nicht, Martin zu unterbrechen. Sie schämte sich für ihr Verhalten. Dessen ungeachtet regte sich gleichzeitig Empörung in ihr. Martin sah nur sich selbst, nur seine Situation, sie spielte keine Rolle.

„Habe ich eine andere oder du? Wenn du nicht mit mir sprichst, dann muss ich mir jemanden suchen, mit dem ich sprechen kann. Du hast mich in diese Lage gebracht. Du hast mich kalt im Regen stehen lassen. Was sollte ich denn tun? Dir ist sogar dein Schlaf wichtiger als ich!"

Stundenlange gegenseitige Vorwürfe ließen die Situation fast eskalieren. Unmissverständlich erklärte Martin zu guter Letzt: „So geht es nicht. Lass uns aufhören, uns gegenseitig zu zerfleischen. Ich möchte unsere Beziehung nicht zu Grabe tragen müssen. Im Gegenteil, ich möchte sie mit dir neu ins Leben rufen und nicht gegen dich."

Susanne hörte verlegen zu und schwieg mit dem Gefühl, alles falsch gemacht zu haben. Hatte sie kopflos gehandelt oder wollte sie Martin bewusst zur Reue zwingen?

„Ich will ohne dich nicht leben", fuhr Martin fort, „wir können uns nicht fünfzehn Jahre vertrauen und uns auf einmal so verhalten, als hätten wir nichts mehr miteinander zu tun. Ich bin so, wie ich jetzt bin, weil du so bist, wie du jetzt bist, Susanne."

Dann brach Martins Stimme, er ließ das Gesicht in seine Hände fallen und weinte. Aufs Äußerste ergriffen, flossen bei Susanne ebenfalls Tränen, bittere Tränen der Hilflosigkeit. Sie ging zu ihm, schloss ihn in die Arme und nach einiger Zeit legten sie sich wortlos zusammen ins Bett, um sich nahe zu sein. Mechanisch nahmen sie ihre gewohnte Position zum Abschluss eines Tages ein. Martin berichtete von seinem arbeitsreichen Wochenende, und Susanne schilderte ihre Tage in Bielefeld. Die Kinobekanntschaft ließ sie jedoch unerwähnt. Dabei schlief Martin ein, sie dagegen wurde immer munterer und ging in ihr Zimmer.

Froh, allein in ihrem Bett zu liegen, nahm sie sich ein Buch, fand jedoch nicht die notwendige Ruhe, um sich auf den Text zu konzentrieren. Susanne grübelte, ob sie Martin Unrecht getan hatte. Es schien, dass er bedingungslos an ihrer Liebe festhielt, und alles deutete darauf hin, dass seine Affäre beendet war. Gott sei Dank war sie gestern Abend mit Esther nach Hause gegangen, hatte sich nicht auf den Flirt eingelassen und nicht ihre Telefonnummer hinterlassen. Was hätte sie Martin sagen sollen? Wie hätte er reagiert? Diese und andere Fragen gingen ihr durch den Kopf, bevor sie endlich einschlief.

13

Am Geschäft angekommen, fiel Susanne sofort das Schaufenster ins Auge. In den letzten Tagen war kein Staub gewischt worden. Höchste Zeit, dass ich komme, dachte sie.

Laden aufschließen, Licht anschalten, alle Regale feucht auswischen war Tag für Tag die gleiche Arbeit, doch seltsamerweise erschienen die Schuhe dauernd anders. An diesem Morgen erweckten die bunten Schuhe mit kleinem Absatz Susannes höchste Aufmerksamkeit. Mochte der Grund in ihrer schlichten Kleidung liegen. Sie trug enge, blaue Jeans, dazu einen dunkelblauen, taillierten Pullover und Pumps mit niedrigem Absatz in Petrol. Ihr Lippenstift war heute kräftig rot und ihre Augen stärker geschminkt als gewöhnlich. Beim Blick in den Spiegel empfand sie ihre aufgebauschten Haare unmöglich, weil sie sie wie eine alternde Schlagersängerin aus vergangenen Zeiten aussehen ließen; ein baldiger Friseurbesuch stand an. Immer wieder griff Susanne sich vor dem Spiegel mit der ganzen Hand in ihre vollen Locken, schob sie hoch, um eine Kurzhaarfrisur zu imitieren.

Eilig nahm sie sich die Schaufensterregale vor, indem sie jede Scheibe aus den umgedrehten Regaltürmen putzte und die dekorierten Schuhe abstaubte. Anschließend versetzte sie alles in den ursprünglichen Zustand zurück. Während ihrer Arbeit in den Auslagen sah sie eine Kundin, die gut gelaunt mit einem kleinen Hund auf der anderen Straßenseite lief. Augenblicklich wirkt sie frisch und munter, wie sie den Arm mit der Hundeleine hin und her schwingt, dachte Susanne, sie geht viel aufrechter als zuvor. Das liegt gewiss an ihrem neuen Begleiter.

Im letzten Frühling hatte diese nette Kundin begeistert erzählt, wie sie einen Mann während ihres Skiurlaubs kennenlernte. Zehn schöne Tage hatten sie zusammen verbracht, sich anschließend schweren Herzens bis zum baldigen Wiedersehen verabschiedet. Um dem freudigen Anlass äußerlich zu entsprechen, scheute sie keine Ausgaben und kaufte sich schöne schwarze Schuhe mit Absatz, die sie zu einem dunklen Hosenanzug tragen wollte. Sie war so zuversichtlich, den Mann fürs Leben getroffen zu haben, aber leider war ihr Glück nur von kurzer Dauer gewesen. Der Mann hatte sich nicht mehr bei ihr gemeldet, vermutlich passte sie nicht in seinen Alltag. Mit der Enttäuschung verlor sich die Spannung in ihrem Körper und sie schlich wieder traurig durch die Stadt wie zuvor. Ein Hund wirkt Wunder, dachte Susanne, wahrscheinlich befriedigt er ihren Fürsorgetrieb und sie muss nicht bis zum Lebensende hinter einem Mann her schmachten.

Sollte ich Martin durch einen Hund ersetzen, würde ich einen sabbernden, eigenwilligen Boxer nehmen müssen, der käme ihm am nächsten, erwog Susanne heiter und war erleichtert, dass sich die Sache gegenwärtig anders gestaltete. Was war der Grund für Martins schnellen Wandel? War ihm die vertraute, durch nichts zu ersetzende Zweisamkeit während ihrer Abwesenheit bewusst geworden? Wenn sich auch alles wieder in den alten Bahnen befand, konnte sie die Sache nicht so auf sich beruhen lassen und wollte auf jeden Fall noch eine Erklärung von ihm.

Schrilles Telefonklingeln riss Susanne aus ihren Gedanken. Es war Esther, der Susanne nur kurz mitteilte, dass sich alles, fast wie früher, in bester Ordnung befand, denn zeitgleich war eine bekannte Kundin ins Geschäft gekommen. Susanne legte den Hörer auf und entschuldigte sich freundlich bei der Kundin für das Kurztelefonat. Die große schlanke Frau schaute über Susanne hinweg und ignorierte ihre Äußerung.

Dieses Biest, ärgerte sie sich, lässt mich mit meiner Entschuldigung einfach abperlen. Das passt zu ihr.

Ungefähr fünfzig Jahre alt, mit blondem Knabenhaarschnitt und auffällig weiter Kleidung gab die Frau sich extravagant. Ein Wirrwarr aus knöchellangen Röcken, zeltartigen Trägerkleidern, sackähnlichen Hosen und kastigen, weiten Pullovern bildeten die Basis dieser Moderichtung. Verarbeitet wurden ausschließlich hochwertige naturreine Materialien in gedeckten Farbtönen. Knalliges Pink, Rot, Grün oder Blau bei den Accessoires sollten dem Ganzen die entsprechende Würze geben. Ihre Hände versteckten die Trägerinnen gern in den sich an den Kleidungsstücken befindlichen übergroßen Taschen. Als Ergänzung wurde eine diagonal über den Körper hängende kleine Handtasche getragen, die entweder auf der rechten oder linken Hüfte baumelte. Das Design sowie die Trageweise erinnerten an eine Kindergartenbrottasche, die diesen Frauen etwas Mädchenhaftes verlieh. Obwohl die Vielzahl der Trägerinnen mittleren Alters war, bezeichneten sie Kleidung und Schuhe als neckisch, süß, lieb, frech, herzallerliebst und viele andere auf Kleinkinder ausgerichtete Beschreibungen und Eigenschaften. Susanne war aufgefallen, dass mit all diesen Verniedlichungen oftmals eine gewisse Strenge und Verbissenheit in ihren Gesichtern erkennbar war.

„Ich brauche einen gelbgrünen, knöchelhohen, bequemen Schuh", grinste die Kundin Susanne an, als würde sie sagen wollen: Ich mit meinem außergewöhnlichen Geschmack benötige etwas, das gewiss über Ihre Vorstellung von Mode hinausgeht, kleine, graue Schuhverkäuferin.

„Ich kenne ein Modell von einem französischen Hersteller mit hundertprozentiger Natursohle in gelbstichigem Grün ohne Schnürung als kleines Stiefelchen."

„Ich hole es gern für Sie", ging Susanne auf den Wunsch der Kundin ein und triumphierte still, dieses Modell am Lager zu haben.

„Dass Sie dieses Modell überhaupt haben", merkte die Kundin überrascht an, während sie Platz nahm. Sie beugte sich nach vorn über den Schwall von Röcken und halblangen Pullovern, um sich ihre Schuhe auszuziehen. Dabei fiel Susanne auf, dass sie neben diesen vielen Kleidungsstücken, Wollstrümpfen und Tüchern bunte Pulswärmer trug.

„Ihre Pulswärmer sind sehr interessant", erwähnte Susanne und musste sich das Lachen verkneifen.

„Ja, sie sind besonders, sie sind aus Filz gearbeitet. Es handelt sich um ein neues Verfahren zur Herstellung von Wollstoffen. Es ist zwar eine irre teure Geschichte, aber sie sind richtig warm."

Unterdessen nahm Susanne die Schuhe aus dem Karton und dachte: 17 Grad Außentemperatur, Anfang Herbst, da sollen Pulswärmer wohl warm sein. Weiterhin kamen noch gestrickte kunterbunte Strümpfe zum Vorschein, die sie sich bis über die Knie hochgezogen hatte.

Der Akt ihrer Anprobe begann recht verdrießlich, mündete dennoch in Anbetracht beider angezogener Kurzstiefelchen in einen Freudentaumel: „Süß, die passen so super zu meinem neuen Rock. Witzig, bequem sind sie auch. Der Tag ist gerettet." Dabei bewegte sie sich wie ein kleines trippelndes Mädchen und klatschte lautlos in die Hände.

„Sehr schön", bestätigte Susanne die Kundin, „perfekter Sitz, gute Passform, hundert Prozent Natur, und ich denke, beim Gehen spüren Sie auch den Komfort."

„So witzig. Süß. Ja, die nehme ich", sagte die Kundin entzückt, bevor ihre Freude in die notwendige Ernsthaftigkeit umschlug, um zu fragen: „Wieviel Paare haben Sie von diesem Modell? Ich frage nur, denn ich möchte nicht, dass alle möglichen Leute hier mit diesem Schuh herumlaufen. Das will man ja nicht in dieser Preislage und dem besonderen Design."

Susanne erläuterte, dass von derart ausgefallenen Schuhen nur wenige am Lager waren, was die Kundin zu beruhigen schien. Sie bezahlte, nahm die von Susanne sorgsam eingepackte Tüte mit ihren Schuhen und verabschiedete sich mit den Worten: „Da habe ich ja mal Glück bei Ihnen gehabt."

Das setzt dem Ganzen jetzt die Krone auf, dachte Susanne, anstatt sich zu bedanken, will sie mir klarmachen, dass sie mit ihrem außergewöhnlichen Anspruch bei uns im stinknormalen Provinzschuhgeschäft eigentlich keine Schuhe findet.

Nachdem Susanne den Laden wieder in Ordnung gebracht hatte, schweifte ihr Blick kurz durch den ganzen Raum, nicht nur der Kontrolle wegen, sondern wegen des schönen Gesamteindrucks der ganzen Schuhmannschaft.

Während sie sich Kaffee kochte dachte sie über die Worte der blonden Frau mit der Knabenfrisur nach. Konnten Schuhe tatsächlich einen Tag retten oder war es die Kaufhandlung, die den Tag rettete? Ob sie zu Hause ihre Röcke, Pullover, Socken und Pulswärmer auszog, Mann und Kinder fröhlich mit Essen versorgte, ihnen dann ihre Schuhe vorführte? Oder ging sie nach Hause, stellte die Schuhe in den Schuhschrank und war befriedigt, dass sie sie besaß? An einer weiblichen, erotisch anmutenden Ausstrahlung war ihr sichtlich nicht gelegen. Die Stiefeletten besaßen durch ihre breite Spitze für sie Niedlichkeit, die sie vor dem Spiegel mit ihrer mädchenhaften Haltung unterstrich. Eben süß wollte sie sein, witzig wie Pipi Langstrumpf. Eigenartig, dachte Susanne und widmete sich ihrem Kaffee, der im Geschäft besonders gut schmeckte. Am liebsten trank sie ihn mit viel Milch und aß Schokoladenkekse dazu.

Nun kamen mehrere Kundinnen, die offenbar nicht zusammengehörten. Eine mittelgroße, stark geschminkte Dame mit hellblonden, lockigen, halblangen Haaren ging gezielt auf einen Schuh im Regal zu und verdeutlichte schlecht verständlich mit osteuropäischem Akzent und Fingerzeig, dieses Modell in ihrer Größe kaufen zu wollen. Als Susanne das Paar aus dem Lager holte, setzte sich die Kundin auf die Bank, um sofort probieren zu können. Robust schob sie ihre Füße mit ruckartigen Bewegungen in die neuen Schuhe hinein. Offensichtlich waren ihre Füße zu breit und zu lang. Vorsichtig tastete Susanne nach dem großen Zeh und stellte fest, dass er nicht die Spitze berührte, sondern sich leicht nach oben krümmte. Die Kundin ruckelte im Schuh herum, bis sie ihren rechten Fuß mit voller Wucht laut auf den Boden stieß. Obwohl sie den linken Fuß in einer ähnlichen Weise in den Schuh rammte, schüttelte sie mit dem Kopf. „Nicht gut", dabei zeigte sie auf die Spitze ihres großen Zehs, „warten, komme wieder. Halbe Stunde. Wirklich warten. Zurück."

Susanne signalisierte, die Schuhe zurückzustellen, während die Kundin mit erhobenem Zeigefinger aus dem Laden ging und geheimnisvoll nickte: „Gleich wieder."

Zwei andere Damen, vermutlich Schwestern, wollten lediglich einen Blick auf die Schuhmodelle werfen. Susanne hörte, wie die ältere liebenswürdig erklärte, dass sie eine Leidenschaft für hohe Schuhe hatte, aber durch ihre Gewichtszunahme von mindestens zwanzig Kilo befürchtete, die dünnen Absätze würden es nicht aushalten.

„Wenn es schon so weit ist, dann tu was gegen diesen ekligen Speck und iss nicht immer Sahnetorten und Schokolade, die können auch keinen Mann ersetzen. Sonst watschelst du hier bald in Gesundheitsschuhen herum. Furchtbar, wie man sich so wenig im Griff haben kann", zischte die schlanke jüngere Frau, deren Mundwinkel tief herabhingen.

„Beruhige dich, jetzt habe ich meinen jungen Dionysos, der mir neben Essen und Trinken noch andere Leidenschaften vermittelt", schmunzelte die mollige Frau triumphierend.

Sich mit Martin lustvoll an Sahnetorte zu laben könnte Susanne auch gefallen, doch leider aß Martin selten Süßes. Ohnehin war Essen für ihn unwichtig, er war kein Feinschmecker, auch kein Verfechter einer besonderen Richtung der Nahrungsbereitung. „Wenn Essen zum Lebensinhalt wird, dann findet die Revolution im Kochtopf statt", kommentierte er abfällig Gespräche über Speisen und Lokale. Im Restaurant bestand seine Freude im bewussten Verstoß gegen allgemeine Regeln. Zu Hause trank Martin immer Rotwein, aber beim gelegentlichen Besuch im italienischen Speiselokal trank er Weizenbier. Er sah sich nicht die Karte an, sondern sagte jedes Mal zum Kellner: „Ich brauche keine Karte. Ich weiß, was ich möchte. Wie immer: Pizza Napoli und ein Hefeweizen." Für Susanne hieß es, auch unmittelbar zu bestellen, mit der Folge, dass alles in Eile stattfand, ohne die von ihr ersehnte gemütliche Atmosphäre. Schnell eine Pizza essen, dabei manchmal noch über das Messer schimpfen, Bier hinunterschlürfen, Teller an die Seite schieben, fertig. Und dann wartete er auf sie, damit sie bezahlen konnten, um endlich nach Hause zu gehen. Als Susanne vor einiger Zeit den Versuch unternahm, dieses unbefriedigende Ereignis zu beklagen, entgegnete Martin: „Sollten wir uns was Bedeutendes zu erzählen haben, dann gehe ich nicht in ein Restaurant, sondern bleibe mit dir zu Hause. Alles Kinoromantik, würde ich sagen. Lass dir doch nichts vorgaukeln. Hast du schon mal Leute im Lokal gesehen, die emotional beteiligt waren? Die Leute wählen nur deshalb einen öffentlichen Ort, damit sie sich unbeteiligt unterhalten können." Damit war das Thema für Martin erledigt.

Eine andere Kundin stellte ihren gefüllten Einkaufskorb, aus dem zwei Stangen Porree heraus-ragten, neben der Sitzbank ab und signalisierte sofort, dass sie sich umschauen wollte. Gleichzeitig kam die Kundin mit dem osteuropäischen Akzent zurück und fuchtelte freudestrahlend mit der Tüte eines Drogeriemarktes vor Susanne herum. „Hole Schuhe für mich, bitte."

Was hat sie nur in der Tüte? überlegte Susanne und ging ins Lager. Als sie zurückkam, traute sie ihren Augen nicht. Was sie erblickte, verschlug ihr die Sprache. In all den Jahren hatte sie so etwas noch nicht erlebt: Die Kundin saß auf der Bank, hatte Schuhe und Strümpfe ausgezogen, hob zuerst das linke Bein, stellte den Fuß bequem auf die Sitzfläche und knipste tatsächlich mit einer neu erworbenen Nagelzange den Nagel des großen Zehs ab, der anschließend durch den Laden sprang. Diesen Vorgang wiederholte sie auch beim rechten Fuß. Als Susanne reagieren wollte, war es schon passiert. Inzwischen hatte die andere Kundin ihren Einkaufskorb gegriffen, hielt ihn schützend fest und schaute dem ungewöhnlichen Schauspiel fassungslos zu.

„Jetzt Schuhe gut", freute sich die Kundin mit leuchtenden Augen, während sie einen Gehtest absolvierte. „Lasse gleich an. Schöne Schuhe", seufzte sie erleichtert, packte ihre Sachen ein, bezahlte und verließ das Geschäft.

Außer sich vor Empörung schimpfte die andere Kundin auf die östlichen Zuwanderer. Susanne entschuldigte sich für ihr Nichteingreifen, sie sei zu perplex gewesen. Anschließend holte sie sich Gummihandschuhe, suchte die abgekniffenen Nägel auf und wischte die Bank ab.

„Wenn das jeder machen wollte", schnaubte die Kundin, im Weggehen begriffen, „es ist eine Zumutung für Sie. Knipst sie sich hier die Nägel vor fremden Leuten ab. Unsereins macht das sogar zu Hause ohne Zuschauer im stillen Kämmerlein."

Als Susanne allein war, musste sie immer wieder lachen bei der Erinnerung an das Bild, wie die Dame die Nägel knipste und die andere eilig ihre Einkäufe rettete. Koste es, was es wolle, aber die Kundin wollte die schönen Schuhe aus kariertem Stoff in Lila, Grau und Beige mit breiter Lackspitze, Lackferse und kleinem Lackabsatz. Osteuropäische Kundinnen hatten eine Leidenschaft für Gold, Lack und Glitzer. Susanne mochte diese Kundinnen, sobald sie sich freuten, glänzten nicht nur ihre Augen, sondern sie strahlten über das ganze Gesicht, und manchmal zeigte sich dabei ein Goldzahn in seiner vollen Pracht.

Kurz vor Geschäftsschluss schaffte Susanne Kartons nach hinten und wollte anschließend Geschirr spülen, doch es betrat noch jemand das Geschäft. „Jetzt noch", stöhnte sie leise, „ich habe bereits alles aufgeräumt." Sie ging nach vorn. Es war die Dame von der Volkshochschule, die sie am Freitag auf dem Bahnhof getroffen hatte.

„Guten Tag, Sie sind bereits zurück", begrüßte Susanne sie erstaunt.

Die Anstrengung der Kurzreise war in dem Gesicht der Dame nicht zu übersehen und wurde obendrein betont durch die zu einem kleinen Zopf zusammengenommenen Haare und dunkelrot geschminkten Lippen. Ebenfalls überrascht, Susanne hier anzutreffen, bemerkte die Dame: „Dass Sie hier arbeiten, erstaunt mich. Bisher habe ich sie hier nicht gesehen. Vielleicht erinnere ich mich auch nicht. Geben Sie nicht an der VHS Seminare?"

„Ja, das mache ich zusätzlich. Manchmal verkaufe ich tagsüber Damenschuhe und abends widme ich mich der Literatur", antwortete Susanne ein bisschen barsch, weil in der Überraschung die allgemeine Meinung über Verkäuferinnen mitschwang, derart dumm zu sein, dass es gerade zum Bauch-Beine-Po-Sport ausreichte. Dass allerdings gute Verkäuferinnen über eine ausgeprägte sinnliche Wahrnehmung verfügen und mit unterschiedlichen menschlichen Verhaltensweisen vertraut sein mussten, wurde meist vergessen.

„Schuhe sind ja auch etwas Besonderes", relativierte die Dame ihre Verwunderung. „Ich bin oft in Italien, kaufe mir dort allerdings selten Schuhe, denn hier in Deutschland ist das Angebot breiter, für meine großen Füße jedenfalls", fügte sie hinzu.

Susanne warf einen Blick auf ihre Füße. Zwar waren sie nicht klein, aber stellten zu der ansonsten durchschnittlichen Körpergröße und kräftigen Statur keine

Unverhältnismäßigkeit dar. „Die Italiener bieten oftmals nur bis Schuhgröße 39 an und das reicht für große norddeutsche Frauen nicht aus", sagte Susanne höflich. „Haben Sie beruflich in Italien zu tun? Oh, entschuldigen Sie bitte, ich wollte nicht neugierig sein, es geht mich nichts an", winkte sie ab. Es war ihr peinlich, einer Kundin gegenüber indiskret geworden zu sein, aber ihr fielen keine Anknüpfungspunkte ein. Zudem war Feierabend und sie wollte nach Hause.

„Sie müssen sich nicht entschuldigen. Im Gegenteil, Sie dürfen gerne neugierig sein. Mein Freund wohnt in Bologna", lächelte sie, „und was treibt Sie am Wochenende in die weite Welt?"

Susanne kannte diese Art Kundenfragen, die lediglich aus Höflichkeit, nur zu selten aus persönlichem Interesse gestellt wurden. „Manchmal brauche ich frischen Wind aus einer größeren Stadt."

„Ja, die Großstadt", merkte die Dame an und verwickelte Susanne in einen Erfahrungsaustausch über größere Städte, wobei beide darin übereinstimmten, dass die Großstadt kein Garant für funktionierende zwischenmenschliche Beziehungen war.

„So, nun zum eigentlichen Anlass meines Kommens, der nicht so erfreulich ist", sagte die Dame und kramte in ihrer Tasche herum. „Ich bin gekommen, weil ich Pech mit diesen Schuhen hatte. Kaum getragen, ist bei einem Waldspaziergang die Sohle gebrochen. Darf das sein?" Sie reichte Susanne die Schuhe zur Ansicht.

Es schien ein Materialfehler zu sein. Der Hersteller würde eine neue Sohle montieren und nach vierzehn Tagen sollte die Reklamation zurück sein. Ehe die Kundin sich verabschiedete, entschuldigte sie sich für ihre anfängliche Äußerung. Es sei nicht in ihrem Interesse, Verkäuferinnen zu denunzieren. Für Susanne war es schon in Ordnung, die Dame schien durch ihre Kurzreise sehr abgespannt zu sein. Ein Freund in Italien ist bestimmt ein besonders großes Glück, dachte Susanne und stellte sich einen leidenschaftlichen, schwarzgelockten Italiener im knitterigen Leinenanzug vor, der voller Sehnsucht am Flughafen wartete.

Schließlich ging Susanne nach Hause. Erschöpft vom Tag, vom Wochenende, bereitete sie sich zuerst einen grünen Tee, mit dem sie sich ins Wohnzimmer auf das unbequeme Sofa legte. Ein stilvolles Designersofa mit Platz für zwei Personen zum aufrechten Sitzen, jedoch zum Liegen absolut ungeeignet. Es handelt sich schließlich um Sitzmöbel und nicht um Schlafmöbel, rief sie sich in Erinnerung und trank halb sitzend, halb liegend ihren Tee. Wann Martin wohl nach Hause kam, fragte sie sich, weil sie auf jeden Fall auf ihn warten wollte. Gern würde sie erfahren, was mit seiner Neuen war. Sie konnte ihn nicht drängen, dann würde er sich mehr verschließen. Gleichzeitig war der Sitznachbar im Kino in Susannes Erinnerung immer wieder präsent. Was mochte er wohl für einen Beruf haben? Unabhängig von Martin hatte sie schon lange keinen fremden Mann kennengelernt. Der Mann in Bielefeld sollte ihr kleines Geheimnis zum Träumen bleiben. Bei Gelegenheit fahre ich nach Bielefeld und werde ihn wiedersehen. Warum soll ich diesen Mann vergessen, wenn ich ihn interessant finde, dachte Susanne.

Der Abend floss dahin, Martin meldete sich nicht und kam auch nicht nach Hause. Eigentlich bestand kein Grund, sich über sein spätes Heimkommen zu beschweren, denn genau das hatte sie gewollt, alles war so wie früher, jeder ging in der Woche wie gewohnt seine eigenen Wege. Sah so das erstrebenswerte Leben zweier Liebender aus, wenn jeder machte, was er für richtig hielt, jeder von dem anderen in Ruhe gelassen wurde, jeder darauf bedacht war, den anderen so zu lassen, wie er war? Bestand nur noch im Sex die Möglichkeit, sich mit dem anderen auszudrücken? Irgendwann ging Susanne missmutig ins Bett.

14

Die Tage plätscherten ohne große Vorkommnisse dahin. Ob Martin spät nach Hause kam oder früh, er rechtfertigte sich nicht. Oberflächlich redeten sie über Vieles, umarmten sich flüchtig, doch ihr tatsächliches Problem blieb unberührt. Wie Adler über ihre Beute kreisten, kreisten sie abwartend um das A und O ihrer Beziehung, aber trauten sich nicht, zuzugreifen.

Teilnahmslos nahm Martin Susannes Verabredung am Freitagabend zur Kenntnis. Er wünschte ihr viel Spaß, aber, im Gegensatz zu früher, erklärte er nicht, was er am Abend vorhatte. Sie wusste gar nichts. Mir soll es egal sein. Die ganzen Tage hat er sich nicht geäußert, ich hocke hier wie bestellt und nicht abgeholt. Heute gehe ich aus und werde kein schlechtes Gewissen haben, nahm sich Susanne vor. Ohnehin muffelte Martin wieder. Am Morgen hatten sie fast wortlos zusammen gefrühstückt. Er verkroch sich hinter der Zeitung und signalisierte, keine Lust zum Reden zu haben. Irgendwann fragte Susanne ihn, ob sie vielleicht am Samstag kochen und sich einen gemeinsamen schönen Abend machen wollten. Darauf vernahm sie erst Brummen, dann unüberhörbare Belehrung: „Warum? Bisher haben wir die Samstage auch ohne große Planung gemeistert. Schließlich weiß man erst im Nachhinein, ob es schön war oder nicht." Seine Art und Weise entsprach genau der vor seiner Affäre. Argwöhnisch sah Susanne dem Wochenende entgegen, bestimmt würde es nicht so erlebnisreich werden wie das vorherige. Dass sie den Freitagabend ohne Martin verbrachte, war schon ein kleiner Schritt abseits des Gewohnten. Auch wählte sie keine konventionelle Kleidung wie sonst. Sie wollte ihre Reize zeigen, ihre schmale Taille, ihre langen Beine. Sie zog eine figurbetonte schwarze Jeans mit graublauer, tief ausgeschnittener Stretchbluse an. Der karierte Kurzblazer in den Farben Grau, Schwarz und Braun sowie schwarze, hohe Pumps in Glattleder unterstrichen ihren schlanken Körper. Nachdem sie ihre Haare gelockert und sich stärker als sonst geschminkt hatte, betrachtete sie sich im Flur in dem großen Spiegel. Du hast dich heute besonders sexy fertig gemacht, beurteilte sie schmunzelnd ihr Spiegelbild und zupfte an ihrer Bluse.

Die Kneipe besaß durch die betont karg in Grau- und Rottönen gehaltene Einrichtung großstädtisches Flair. Kleine versteckte Scheinwerfer sorgten für indirekte Beleuchtung, die sich als Farbnuancen an den Wänden zeigte. Neben einer separaten Lounge mit Sesseln und Kaminattrappe befanden sich im größten Teil des Lokals kleine Tische mit gepolsterten Stühlen. Hinter einer langen Plexiglastheke arbeiteten junge, ganz und gar schwarz gekleidete Kellnerinnen, die im kalten Licht des Lokals faden Gespenstern glichen.

Susannes Bekannte saß bereits am Tisch und winkte ihr freudestrahlend entgegen. Beide Frauen entschieden sich für Prosecco, als angebrachtes Getränk für einen heiteren Abend, und gegen Rotwein, damit ihre Verabredung nicht in Traurigkeit endete.

Elke, achtunddreißig Jahre alt, trug ihr volles, rotes Haar selten offen. Normal groß mit einer sportlichen Figur, klagte sie ab und zu in ihrer humorvollen Art über ihre zu dünnen Beine, die viel zu großen Füße, die sie gern in Stiefeletten mit Absatz versteckte. Sie hatte einen netten, etwas verschmitzten Gesichtsausdruck, schob oft ihre Lippen zu einem Schmollmund zusammen und kicherte zeitweise wie ein pubertierendes Mädchen. Susanne mochte Elke gern. Gerade befanden sie sich mitten im Gespräch über die vergangene Zeit, über gemeinsame Bekannte und wichtige Veränderungen, als Elke sich plötzlich auffallend zerstreut abwandte und aufgeregt in den Raum schaute. Schlagartig setzte sie ein breites Lächeln auf und blickte mit leuchtenden Augen einem großen Mann entgegen, der sich auf sie zu bewegte. Elke war aufgestanden, der Mann küsste sie links auf die Wange, und beide sprachen kurz miteinander. Beim Fortgehen entschuldigte er sich für die Unterbrechung und wünschte einen weiteren schönen Abend, wobei Elke ihn mit hochrotem, glühendem Kopf nachschaute, bis er das Lokal verlassen hatte. Zum Platzen kribbelig, konnte sie es nicht mehr für sich behalten: „Wenn du wüsstest, Susanne. Du musst es mir versprechen, dass du es niemandem erzählst. Es weiß keiner, es darf auch kein Mensch wissen. Versprich es. Ich komme in Teufels Küche." Nun lehnte sie sich über den Tisch und flüsterte: „Der Mann, der gerade hier war, ist meine große Liebe, wir haben uns ineinander verliebt."

„Was heißt, ihr habt euch verliebt, habt ihr ein Verhältnis?", erkundigte sich Susanne und hatte sofort Martin vor Augen. Sollte auch er hinter ihrem Rücken mit einer Frau Absprachen treffen?

„Ja, wir sehen uns heimlich. Das Schlimme an der Sache ist, er ist auch verheiratet." Elke neigte ihren Kopf und wischte mit der linken Hand über den Tisch.

„Hat er Kinder?" fragte Susanne und sah Tränen in Elkes Augen.

„Das ist ja das Entmutigende, er hat auch eine Familie. Wir wissen beide, dass wir unsere Liebe niemals frei leben können, unsere Abhängigkeiten sind einfach nicht aufzulösen", antwortete sie resigniert, während einzelne dicke Tränen über ihr Gesicht kullerten.

„Das glaube ich nicht, denn man kann alles verändern. Warum sprichst du nicht mit deinem Mann darüber? Hat dein Geliebter mit seiner Frau gesprochen?" erkundigte sich Susanne schroff, worauf Elke sofort abblockte.

„Nein, wir werden mit unseren Ehepartnern nicht darüber sprechen. Mein Mann würde daran sterben. Außerdem würde es die Familien zerstören. Unsere große Liebe leben wir sozusagen ab und zu in einem

Hotelzimmer. Das sind dann die Höhepunkte meines Lebens. Sie geben mir die nötige Energie, um durchzuhalten", schwärmte Elke.

„Und was ist mit deinem Mann?"

„Mit ihm lebe ich so weiter. Wie immer, eben ohne große Höhen."

Derartiges Verhalten, den Ehepartner in Unwissenheit zu lassen und zu einem mittelmäßigen Leben zu verurteilen, ließ Susanne vor Wut kochen. Zwar war sie über die Neue von Martin informiert worden, aber konnte sie sicher sein, dass er mit der anderen Frau nicht ähnliche Zukunftspläne schmiedete und sie aus scheinbarer Fürsorge für dumm verkaufte? „Ich finde, dein Mann und seine Frau haben ein Recht darauf, es zu wissen."

„Nein, ich werde es ihm niemals sagen. Er würde sich sofort von mir trennen, und wie stehe ich dann materiell da? Ich hätte kein Geld mehr."

„Es geht dir also ums Geld und nicht um deinen Mann. Für Geld spielst du ihm Liebe vor, damit du wie die Made im Speck zufrieden das höchste Glück mit einem anderen erleben kannst? Ich finde es nicht in Ordnung", ereiferte sich Susanne kopfschüttelnd.

„Was sollen wir denn tun? Wir haben uns schon Unmögliches vorgestellt." Elke kicherte: „Wenn wir meinen Mann mit seiner Frau verkuppeln könnten, dann wäre alles in bester Ordnung."

„Abscheulich und verlogen", meinte Susanne und stellte sich wieder Martin vor, wie er sie zu seinen Gunsten mit sauberer Weste loswerden wollte. „Ich finde, du stiehlst deinem Mann sein Leben. Er hat auch ein

Recht, glücklich zu sein. Allem voran hat er das Recht, zu erfahren, dass seine Frau einen anderen liebt. Stell dir nur vor, du würdest es ihm sagen und er wäre erleichtert, weil er sich auch vor einiger Zeit bereits verliebt hat."

„Daran ist gar nicht zu denken. Für ihn zähle nur ich", antwortete Elke selbstsicher. Auf Susannes Frage, ob sie mit ihrem Mann zurzeit ins Bett ging, meinte sie recht nüchtern: „Ja klar, das muss ich, ansonsten merkt er etwas. Ich mache die Augen zu und denke an meinen Geliebten. Das geht."

Dies hielt Susanne für den Gipfel der Gewissenlosigkeit, selbst die ureigene menschliche Sache diente dem Betrug. Prostitution war harmloser. Bekanntlich handelte es sich dabei um ein gleichberechtigtes offenes Geschäftsverhältnis. Ob Martin ebenso mit ihr ins Bett ging und dabei an die Neue dachte? Unvorstellbar, das wollte sie zeitnah mit ihm klären. In diesem Gespräch wurde ihr einiges klar. Susanne fühlte sich solidarisch mit beiden unwissenden Dritten, obwohl Martin sie unterrichtet hatte. Nun legte sie Elke ihre persönlichen Erfahrungen dar, ohne den genauen Zeitraum zu benennen. Beeindruckt von dieser Erklärung, verwandelte sich Elkes Unbekümmertheit in eine gewisse Schwere, sodass das weitere Gespräch ernsthafter verlief. Beide stimmten überein, dass sich ein Mensch erneut verlieben konnte, auch wenn er in einer Zweierbeziehung lebte. Allerdings hatte der andere das Recht auf Transparenz. Sie erörterten verschiedene Konsequenzen des Dritten. Einerseits konnte man die Vergangenheit verwerfen, also Strich drunter und verdrängen. Andererseits konnte man abwarten, dass der Ehepartner aus der kurzen

Verliebtheit zurückkehrte. Dabei war für Susanne fraglich, ob man die vorherige Vertrautheit wiedererlangte. „Eine Vase, die einen Sprung hat, hält kein Wasser mehr", wiederholte sie Renates Worte, „ich hätte das Gefühl, Martin ist aus Mitleid mit mir zusammen und nicht, weil ich Susanne bin. Ob mich das glücklich machen könnte?"

Susanne erschrak vor ihren eigenen Worten, denn sie sprach von ihrem Status quo. Sie war unglücklich, weil Martin sie gegenwärtig im Ungewissen ließ. Hatte er sich von der Neuen getrennt, weil er sie nicht verlieren wollte? War es ein Seitensprung gewesen? Er äußerte sich nicht von selbst, und sie mochte ihn nicht fragen, sondern schlich seit Tagen erwartungsvoll um ihn herum. Aus Barmherzigkeit sollte er nicht mit ihr zusammen sein. Sie wollte geliebt werden. Konnte er sie lieben, wenn sie ihn zwang, die Affäre zu beenden? Sein Glück war ihr Unglück und umgekehrt, ihr Glück würde sein Unglück sein. Das passte nicht zueinander.

Trotz Proseccos gewann die Unterhaltung wegen der bewegenden Ereignisse nicht die anfängliche Leichtigkeit zurück. Je länger Susanne und Elke über Ehen und Affären reflektierten, desto bewusster wurde ihnen die bedeutende Rolle jedes einzelnen Beteiligten. Zu guter Letzt tranken beide einen kräftigen Schnaps und dankten sich gegenseitig für diesen aufschlussreichen Abend. Elke verabschiedete sich mit den Worten: „Wenn alles kaputt ist, dann fange ich etwas mit Frauen an, es scheint leichter zu sein." Beide lächelten, umarmten sich und gingen auseinander.

Es war bereits nach Mitternacht, als Susanne zu Hause ankam und Licht in der Wohnung brannte. Heute, am Freitagabend, ist Martin also zu Hause, dachte sie angestochen, das trifft sich gut, ich will sofort wissen, was mit der Neuen ist. Es ist mir egal, ob er bereits im Bett liegt. Ich gehe zu ihm. Mir reicht es.

Im Flur drang Musik aus Martins Zimmer. Sie klopfte an seine Tür, trat ein und sah ihn am Schreibtisch sitzen. Als er sie bemerkte, drehte er sich um: „Es ist spät. Wo warst du?"

„Ich habe dir gesagt, dass ich mich mit Elke verabredet hatte", antwortete sie.

„War es schön? Was erzählt sie denn?", fragte er wieter. Es lag der bekannte höfliche, eher desinteressierte Klang in seiner Stimme.

„Ich habe keine Lust, darüber zu reden. Mir liegt ganz etwas anderes auf der Seele. Ich möchte endlich wissen, was mit uns und mit deiner Neuen ist."

Martin wurde sofort wütend und brüllte: „Ich habe keine neue Frau, mit der ich dich ersetzen will, das habe ich dir bereits tausendmal gesagt! Es kann doch nicht so schwer sein: Ich habe eine Frau kennengelernt, die ich mehr als sympathisch finde. Nimm es so, wie ich es dir mitteile, und dreh es nicht um."

Susanne ließ nicht locker: „Am letzten Sonntag machte es den Eindruck, dass du das Wochenende allein verbringen musstest und bei uns alles in Ordnung ist. Ich bin so unsicher. Bitte sag mir, was war und was ist. Auch wenn die Geschichte beendet ist, ich möchte es wissen."

Martin blickte sie erstaunt an und stellte sogleich die Sachlage richtig. Das Wochenende hatte er zwar allein verbracht, doch die neue Bekanntschaft war nicht beendet, und er hatte auch nicht die Absicht, sie zu beenden. Erneut versuchte er Susanne klarzumachen, dass er sich weder von ihr noch von der anderen trennen wollte.

„Meinst du wirklich, dass du mit mir leben willst und nebenbei mit deiner anderen eine Beziehung aufbaust?" Susanne brauchte gar nicht weiter zu fragen, sie sah, wie Martin nickend auf seinem Stuhl saß und immer „genau, genau", sagte.

Empört drehte sie sich um und keifte: „Das mache ich niemals mit! Wie denkst du dir das? Ich, alt und gebraucht, für die Woche, sie, jung und frisch, fürs Wochenende? Dann trenne ich mich."

„Ich war nicht fertig mit der Beantwortung deiner Fragen. Darf ich vielleicht fortfahren, bevor du weiterhin alles negierst?", fragte Martin. Er schien gebrochen, als er nach kurzer Pause das Gespräch wieder aufnahm und Susanne in die Augen sah: „Über dein Alter musst du dir keine Sorgen machen, sie ist nicht jung, sondern älter." Dabei betonte Martin das „älter".

Susanne hielt sich erschrocken die Hand vor den Mund, machte große Augen und fragte neugierig: „So alt wie ich?"

„Nein, deutlich älter als wir", antwortete Martin in einer Tonlage, die keine weiteren Fragen duldete. Susanne konnte nichts erwidern, denn damit hatte sie nicht gerechnet. Sie fragte sich, was Martin dazu bewog, sich eine Ältere zu suchen. Warum nur?

„Wer ist es denn?" fragte Susanne vorsichtig mit ruhiger Stimme.

„Du kennst sie nicht, sie ist nicht von hier."

„Warum verliebst du dich in eine ältere Frau? Hat es dir mit mir nicht mehr gefallen? Fehlte dir die Erfahrung eines reifen Weibes? Hast du einen neu entdeckten Mutterkomplex?" höhnte Susanne schließlich.

„Ich möchte nicht, dass du so redest. Es ist gehässig. Ich habe es dir nicht anvertraut, damit du es ins Lächerliche ziehst."

Susanne winkte ab und dachte, dass Männer vielleicht auch in die Wechseljahre kamen. Wie sie wohl aussah? Sicherlich eine von diesen alleinstehenden Frauen aus der Redaktion des überregionalen Teils der Zeitung. Sie war nicht von hier, hatte er gesagt, und Martin fuhr öfter dorthin, um gemeinsame Berichte zu verfassen. Das konnte sie nicht ernst nehmen. Wenn es ihm so wichtig war, für eine Ältere ihre Beziehung aufs Spiel zu setzen, dann sollte er es leben, aber nicht annehmen, dass sie sich für ihn gleichfalls zur Verfügung hielt. Vielleicht war es nur einer von seinen Spleens. Sie hatte nicht das Bedürfnis, mit einem älteren Mann ins Bett zu gehen. Als Susanne nachbohrte, ob sich seine Geliebte nicht an seiner Ehe störte, sah Martin sie ernst an und erklärte, dass darin für sie überhaupt kein Hinderungsgrund bestand. Er hatte von Anfang an klargestellt, sich nicht trennen zu wollen.

„Es ehrt dich. Nur weiß ich nicht, ob ich unter diesen Umständen weiterhin mit dir zusammen sein möchte. Ich kann es nicht und ich will es nicht. Allein der Gedanke, dass du neben mir mit einer anderen Frau, jetzt sogar mit einer älteren Frau, ins Bett gehst, macht mir Probleme und ich halte es auch nicht für normal. Irgendwas stimmt doch nicht mit dir. Vielleicht solltest du therapeutische Hilfe in Anspruch nehmen", sagte Susanne.

Martin verschlug es fast die Sprache: „Du betonst immer das Alter. Was macht den Unterschied zu einer jungen Frau aus? Ich mag nicht ihre Haut, sondern ich mag sie. Jetzt lass mich, ich kann es nicht ertragen, wenn du so abscheulich bist."

Beschämt und niedergeschmettert ging sie in ihr Zimmer, setzte sich an ihren Schreibtisch und schaute aus dem Fenster. Was fand Martin reizvoll an einer älteren Frau? Was hatte ihn verführt? Vor allem: Warum zerstörte eine ältere Frau eine bestehende, gut funktionierende Ehe, die möglicherweise die ihrer Kinder sein konnte? Was wollte sie von Martin? Jetzt war nichts mehr so, wie es war. Heute hatte sie die Bestätigung bekommen. Es handelte sich um keinen Ausrutscher, sondern um eine Veränderung des Lebens, ihres Lebens.

Sie dachte an ein Paar, er allenfalls vierzig, sie ungefähr sechzig, dass sich in ihrem betont liebevollen Umgang stets an den Händen hielt. Susanne vermutete bei dem jungen Mann eine besondere sexuelle Neigung, die er mit einer jüngeren Frau nicht befriedigen konnte. Hatte Martin insgeheim sexuelle Phantasien, die er ihr nicht anvertrauen mochte? Wenn er bereits einige Zeit mit der Älteren zusammen war, dann hatte er während dieser Zeit ebenfalls mit ihr geschlafen und war genauso leidenschaftlich wie immer gewesen.

Susanne wachte in der Nacht ständig auf, getrieben von allen möglichen Gedanken. Suchte Martin Ruhe zu zweit, die sie ihm mit ihrer Unternehmungslust nicht gewährte? Sie war gern unter Menschen. Gelegentlich ging es ihr auf die Nerven, dass er nur widerwillig ausging. Im Laufe der Jahre hatte sie seine Eigenarten akzeptiert, sich auf ihn eingestellt und manches allein unternommen. Wenn sie heute überlegte, war Martin jedes Mal froh gewesen, wenn sie ihn mit ihrem Bewegungsdrang in Ruhe ließ. Demzufolge passte eine Ältere gut in sein bequemes, dahinplätscherndes Leben.

Was will er von mir, wenn er seine Bedürfnisse mit der Älteren befriedigt? Trennt er sich allein aus einem Verantwortungsgefühl nicht? Susanne grübelte und grübelte. Warum beschrieb er die Ältere nicht genauer? War es ihm ausnahmsweise peinlich? Eigentlich existierten für Martin keine Peinlichkeiten, er stand zu seinen Entscheidungen. Er meinte, frei zu sein und sich nicht nach dem Urteil anderer Leute richten zu müssen.

Den ganzen Samstag wichen sie einander aus, ohne das Gespräch vom Vorabend wieder aufzunehmen. Martin ging am späten Nachmittag fort, kam jedoch irgendwann nachts zurück. Am Sonntag hielt Susanne es nicht mehr aus, er sollte ihr endlich sagen, wer die ältere Frau war. Als Martin ihre Frage ignorierte, fragte sie ihn, ob seine Geliebte denn wüsste, wer sie war. Er schüttelte verneinend den Kopf und ignorierte ihre weiteren Nachforschungen. Ebenso ging er auf Susannes Wunsch, seine Geliebte kennenzulernen, nicht ein. Ohne große Gefühlsäußerung lehnte er ab, weil er es erstens unnötig fand, zweitens auf ein Gutachten ihrerseits verzichten konnte, drittens seiner Freundin ersparen wollte, von Susanne unter die Lupe genommen zu werden.

Wäre ein Gegenstand in greifbarer Nähe gewesen, sie hätte ihn an die Wand geworfen. Nur nicht laut werden, durchhalten, presste sie durch die Lippen hervor, ballte die Fäuste, bis sie sich einigermaßen gefasst hatte. Sie stellte keine weiteren Fragen mehr.

In der nächsten Zeit gingen sie sich so weit wie möglich aus dem Weg, keiner stellte Forderungen. Wenn sie miteinander redeten, dann über belanglose Dinge, und jeder Außenstehende hätte angenommen, dass alles in bester Ordnung war.

15

Hätten die Gespräche mit den Frauen im Schuhgeschäft Susanne nicht abgelenkt, sie wäre mit Sicherheit an dem unerträglichen Schweigen in ihrem aus den Fugen geratenen Leben zerbrochen.

Bis auf seltene Ausnahmen arbeitete sie allein im Geschäft. Heute handelte es sich um einen derartigen Sonderfall, neu eingetroffene Schuhe mussten kalkuliert und ausgezeichnet werden. Weil Chefin es mit den Preisen überaus geheimnisvoll hielt, erledigte sie diese Arbeit selbst.

Morgens war die aufdringliche und laute Art von Chefin nur eingeschränkt zu ertragen. Durch ihre Geltungssucht hielt sie Susanne von ihrer Arbeit ab. Geschickt verwickelte Chefin sie wiederholt in Gespräche, wobei sie ihre nicht zu bremsende Neugierde als soziales Interesse an Personen verpackte. Sobald Susanne darauf einging, sah man es in Chefins Kopf rattern und mit harter Miene kommentarlos urteilen:

Aha, so ist es, habe ich mir gleich gedacht. Susanne bezeichnete Chefin als Sozialzecke, da sie sich an Menschen festsog, mittelbar an deren Leben teilnahm, es klammheimlich bewertete und sich letzten Endes zufrieden abgrenzte.

Glücklicherweise kam eine Bekannte aus der Sportgruppe, die sich gezielt an Susanne wandte, um von ihr bedient zu werden. Das schien Chefin zu missfallen, was sie mit noch lauterem Gestampfe auf dem Linoleumboden des Lagers signalisierte. Die Bekannte sah Susanne fragend an, bevor sie ihren Wunsch nach hohen Pumps äußerte. Sie fügte hinzu, schon jahrelang keine Absätze mehr getragen zu haben. Susanne blickte ihr in ihre wunderschönen, vertrauenerweckenden, blauen Augen und ermutigte sie mit dem Hinweis, dass das Laufen auf hohen Absätzen erlernbar war. In manchen Volkshochschulen wurde im Rahmen eines Beautykurses sogar „Laufen auf hohen Absätzen" angeboten..

„Schön, momentan mag ich gern Pumps, weil mein Mann und ich tanzen und ich gern einen Rock trage. Zudem findet mein Mann Absatzschuhe auch schöner. Er meint, es ist angenehmer, eine Frau mit Absatz zu führen, sie sei nicht nur beweglicher, sondern darüber hinaus verführerischer."

Susanne hörte den Berichten vom Tanzen nur mit halbem Ohr zu, weil Martin ihr in den Sinn kam, der bei Frauen ebenfalls hohe Absätze schätzte. Welche Schuhe die Ältere wohl trug? Bestimmt Bequemschuhe, die er besonders liebte. Was bin ich gemein, wies sie sich still zurecht.

Die Bekannte probierte viele Modelle in allen möglichen Absatzhöhen, vier, sechs, acht Zentimeter. Bis sechs Zentimeter Absatz hielt sie die Balance, aber in höheren Schuhen bewegte sie sich unsicher, sodass sie wohl oder übel auf niedrigere zurückgreifen musste. Ihre Unzufriedenheit war nicht zu übersehen: „Ich finde hohe Schuhe mehr sexy als niedrige. So gern will ich eine richtige Frau sein mit einem engen, schwarzen Rock, schwarzer Strumpfhose und hohen, schwarzen Pumps."

Ob eine Strumpfhose Erotik unterstrich, stellte Susanne still für sich in Frage. Wenn sie sich selbst in einer Strumpfhose im Spiegel betrachtete, dachte sie immer an praktische Strampler für Erwachsene. Diesen Eindruck behielt sie allerdings für sich und meinte: „Am besten, du hättest beide Paare. Versteh mich nicht falsch, ich möchte dir keine Schuhe aufschwatzen. Du könntest den flacheren, der immerhin über sechs Zentimeter Absatz verfügt, tagtäglich tragen und dich langsam an die Höhe gewöhnen. Für besondere Anlässe wären die schwarzen Pumps mit neun Zentimetern richtig. Beim Tanzen wirst du geführt, und auf einem Empfang setzt du dich zwischendurch hin. Ich bin mir sicher, sobald du jeden Tag auf Absätzen läufst, werden dir zukünftig neun Zentimeter Höhe keine Probleme bereiten."

„Ja, du magst recht haben, aber bisher hatte ich nie Absätze. Und außerdem, gleich zwei Paar Schuhe auf einmal ist auch viel Geld", haderte sie.

„Sollte dir die Ausgabe momentan zu hoch sein, dann kannst du das eine Paar gern später bezahlen", bot Susanne an, was die Bekannte entschieden ablehnte. Erst durch einen Rabatt ließ sie sich umstimmen, kaufte beide

Paare und ging freudestrahlend aus dem Geschäft. Ihre anfängliche Unsicherheit angesichts des Wunsches nach hohen Schuhen hatte Susanne in einem überzeugenden Gespräch aufgefangen, sodass sie dem nächsten Tanzabend glücklich entgegensah. Offensichtlich wollte sie ihrem Mann eine Freude machen. Vielleicht hatte er sich auch eine andere gesucht, was ihr den Antrieb für hohe Schuhe gab. Susanne war sich sicher, äußerlich mit einer älteren Frau mithalten zu können, gleichwohl sie Reife und Gelassenheit nicht kaufen konnte. Was hatte Martin nur getrieben, sich eine Ältere auszusuchen?

„Na, ziehst du dir auch immer hohe Schuhe an, damit dein Mann zufrieden ist? Nein, nein, soweit käme es noch, dass ich mit hohen Absätzen herumstakse, um einem Mann zu gefallen. Wer mich nicht so mag, wie ich bin, der soll es sein lassen", konnte Chefin es nicht mehr an sich halten.

„Warum soll man dem eigenen Mann keine Freude machen, es ist schön, den anderen glücklich zu sehen", entgegnete Susanne, indem sie das „eigenen" betonte und von weiteren Ausführungen absah.

Nun kam eine Kundin, die Susanne schon häufiger bedient hatte. Sie war Holländerin und sagte nach jedem zweiten Satz: „Ja, precies", was durch ihre Freundlichkeit eher sympathisch als unangenehm klang. Ungefähr dreißig bis fünfunddreißig Jahre alt, mit grobem Gesicht, galt ihre Vorliebe außergewöhnlich verspielten Schuhen. Bevorzugt trug sie Modelle eines bestimmten Herstellers, die sich hauptsächlich durch Farbenvielfalt, kleine Details und Absatzraffinessen auszeichneten. Sämtlich Schuhmodelle erinnerten an freundliche

Fabelwesen. Die Schuhe waren wie für diese heitere Kundin gemacht. Immer fröhlich, lachte sie vorbehaltlos mit offenem Mund und entblößte dabei wunderschöne weiße Zähne. Abweichend dazu ihre stufig geschnittenen aschblonden Haare, die stets zerzaust einen ungekämmten Eindruck machten. Es ging etwas anziehend Rätselhaftes von ihr aus.

„Dag allemaal. Habt ihr schon die neuen Modelle?", sagte sie freundlich. Susanne ging grüßend auf die Kundin zu, zeigte ihr die neue Kollektion, während Chefin fortwährend mit dem Kopf nickte und grinste. Zwei neue Modelle wollte sie probieren, die Susanne verpackt in schwarz gelackten Pappkartons aus dem Lager holte. Mit Abheben des Deckels stieg der Duft neuer Schuhe in ihre Nase.

„Wat mooi, oh wat mooi, zo leuk", nahm die Kundin einen Schuh vorsichtig in die Hand, als hätte sie einen verletzten Vogel zu schützen. Unter Zuhilfenahme eines Schuhanziehers zog sie das neue Paar an. An ihrem Fuß bekräftigte sich der erste Eindruck, wobei sie die Begeisterung in ihrer Muttersprache ausdrückte: „Mooi. Het is heel comfortabel, heel bijzonder. Het ziet er zeer goed ik ben de schoen. Mijn man ook nu bevalt het lijden. Hij zei mij dat ik zal nemen schoenen met een hak en heeft daarom een nice hak."

Beim Bezahlen legte sie lachend ihr Lebensmotto offen, was darin bestand, dass Sparen nichts brachte, sondern sich Lebensfreude erst an erworbenen Dingen entwickeln konnte. Froh war sie über ihren geschätzten Ehemann, der mit ihr diesen Lebensgrundsatz teilte.

Bevor sie das Geschäft verließ, bedankte sie sich und wünschte einen schönen Tag.

Mittlerweile war eine Dame mit sichtbar schlechter Stimmung im Geschäft. Zackig schritt sie die Regale ab, genauso zackig fragte sie missmutig: „Ist das Ihre gesamte neue Kollektion?"

„Nein, nicht die gesamte. Was Sie hier sehen, ist nur ein Teil. Die weiteren Schuhe treffen nach und nach ein", reagierte Chefin betont freundlich.

„Unglaublich, ich habe bereits seit vier Wochen meine Garderobe für die neue Saison zusammen. Es fehlen nur noch Schuhe und Handtaschen. Wir müssen in zwei Wochen zur Messe und dafür muss ich auf dem neuesten Stand der Mode eingekleidet sein. Wie soll ich es meinem Mann erklären, wenn ich in alten Klamotten auftrete? Wenn ich keine Schuhe habe, kann ich keine Handtaschen kaufen. Dieses doofe Kaff. Da nennen sich Geschäfte ‚modisch' und haben noch nicht einmal die Ware am Lager, die man in jeder anderen Stadt längst bekommt. Wenn Ihre Kollektion vollzählig ist, wird in den Großstädten bereits reduziert", schnaufte die Dame verärgert, wobei sich ihr langer Hals aus dem Revers ihres Blazermantels herausschraubte, damit der Kopf für seine kleinen, ruckartigen, wackelnden Bewegungen Freiraum hatte. Ihr abfälliger Gesichtsausdruck verstärkte sich um ein Vielfaches durch die schmalen Lippen.

Oh weia, die Kundin ist an die Richtige geraten, fürchtete Susanne. Chefin lief bereits zur Verteidigung hochrot an und entgegnete mit entschiedener, keinen Widerspruch duldender, ruhiger Stimme: „Es tut mir leid, dass wir Sie nicht zufrieden stellen können. Wenn die Kollektion in den Großstädten ausgeliefert ist, liegt es sicherlich daran, dass es sich um Modelle handelt, die Sie deutschlandweit in allen Schuhgeschäften erhalten. Ich aber arbeite ausschließlich mit europäischen Designern und muss mich auf die Lieferbedingungen dieser Firmen einlassen, ansonsten hätte ich ebenso Stangenware anzubieten."

„Sie wollen mir unterstellen, dass ich Stangenware nicht von Designerstücken unterscheiden kann?" empörte sich die Kundin. „Dann hätte ich nichts dazugelernt. Ich lasse mich hier immer beraten."

Augenblicklich richtete Chefin ihren Blick auf die Füße der Kundin und erkannte sofort, diese Schuhe waren nicht hier im Geschäft gekauft worden.

„Es ist schon so, Ihre Beratung ist sehr gut, aber Sie haben nicht die Auswahl, und bevor ich zum Schuhkauf in die Großstadt fahre, lasse ich mich hier gern über neue Formen, Farben und Modelle informieren. Und heute? Wie soll man sich beraten lassen, wenn noch nicht einmal die Modelle hier sind?"

Chefin kochte vor Wut und machte dem Ganzen ein Ende: „Es tut mir leid. Unabhängige Beratung haben wir nicht im Angebot."

Die Kundin drehte sich empört um und verließ wortlos das Geschäft.

Manche Kundinnen waren von Anfang an zornig und ließen ihren unterdrückten Ärger, ihre Frustration in der Ehe oder im Beruf freien Lauf, indem sie zuerst an den Schuhen herummeckerten, dann an den Verkäuferinnen und letztlich an der Art und Weise des Anprobierens.

Am peinlichsten waren diejenigen Kundinnen, die vor Streitsucht den Schuhanzieher falsch handhaben und sich beim Probieren beinahe die Füße brachen. Anfangs hatte Susanne manchmal geweint, wenn eine Kundin frech gewesen war, mittlerweile wusste sie damit umzugehen. Sie nahm es nicht persönlich, denn jeder hatte mal einen schlechten Tag. In diesem Fall war sie froh, dass Chefin den Unmut der Kundin zu spüren bekam und nicht sie.

Inzwischen schaute sich eine andere Dame im Geschäft um und ging interessiert von hinten an die Fensterauslagen, um einen Schuh herauszuholen.

„Bitte nicht in die Auslagen fassen. Es ist viel Arbeit, ein Fenster zu gestalten. Jedes Modell steht hier im Geschäft", zischte Chefin, der immer noch die Zornesröte im Gesicht stand. Unangenehm berührt über die Zurechtweisung, ging Susanne zur Kundin, um die Situation mit Freundlichkeit auszugleichen. Während die sympathische Frau mit den Augen blinzelte, spöttisch ihren Mund verzog, machte sie sich wiederholt forsch auf den Weg Richtung Fenster, um den besagten Schuh für Susanne zur Ansicht herauszuholen. Sie hatte ihn bereits in der Hand, als plötzlich die drohende Stimme von Chefin erklang: „Muss ich mich wiederholen?"

Auf der Stelle ließ die Kundin den Schuh fallen, drehte sich auf dem Absatz um, bedankte sich bei Susanne für ihre Freundlichkeit und verließ wütend das Geschäft mit den Worten: „Ich werde ganz sicher keinen Beitrag leisten, dass eine rüpelhafte, respektlose Person wie Sie von meinem Geld leben kann. Vor Ihrer

Verkäuferin sollten Sie sich schämen. Es scheint so, dass hier nicht der Kunde König ist, sondern Sie."

Zu Recht empört, fand Susanne, da hat Chefin ihr wahres Gesicht gezeigt, dieses Biest lässt keine Gelegenheit aus, Macht zu demonstrieren. Wie konnte man so geringschätzig mit einem erwachsenen Menschen umgehen? In solchen Momenten würde Susanne am liebsten im Erdboden versinken. Jetzt kam auch noch die Dame, die immer ihren Freund in Bologna besuchte. Nein, dachte Susanne, hoffentlich geht es gut.

„Guten Tag, ich komme gerade zufällig hier vorbei und möchte wissen, ob Ende nächster Woche meine Schuhe zurück sein werden." Sie blieb an der Tür stehen.

Susanne bat sie, einzutreten, während Chefin sich an ihr vorbeidrängte und „Frau Mertens" persönlich mit aufgeblähter Geste begrüßte. Dass die beiden sich kannten, hatte Susanne nicht angenommen, irgendwie passten sie nicht zueinander.

Mir egal, dachte sie, schaute in der Liste nach, wann die Reparatur avisiert war, schrieb das Datum auf einen Zettel und reichte ihn wortlos Frau Mertens, die sich mit Chefin über Bequemschuhe und Witterungslage unterhielt. Ungewollt hörte Susanne Chefin rechthaberisch: „Nein, nein, nein, das ist nicht richtig. Garantiert warme Füße haben Sie nicht durch eine dicke Sohle. Sie kann Ihnen gar nicht helfen, wenn Sie die Schuhe im Kalten lagern. Schuhe gehören in den warmen Flur oder suchen Sie doch einen Platz im Badezimmer. Sie werden sehen, dann reicht auch eine dünne Sohle."

Nach kurzer Zeit bedankte sich Frau Mertens bei Chefin für den Hinweis, nickte Susanne zu und ging.

Offenbar in die Flucht geschlagen mit ihrer Schlaumeierei, dachte Susanne, denn Chefin glaubte, alles zu wissen. Es gab keine Thematik, bei der sie gewillt war, zuzuhören. Die abendlichen Fernsehmagazine ließen sie zur theoretischen Alleswisserin werden, ob es um behinderte Kinder in Südamerika ging oder um Hühnerkreuzungen im Allgäu. Nun wollte Chefin von Susanne wissen, ob Frau Mertens eine Reklamation hatte. Susanne berichtete ihr die Geschichte von der gebrochenen Sohle, die die Firma ersetzte.

„Weißt du eigentlich, wer sie ist? Ich kenne sie über eine Bekannte. Frau Mertens arbeitet seit geraumer Zeit hier bei der Stadt. Sie soll eine Affäre mit dem Amtsleiter haben", gab Chefin ihr Wissen preis.

Susanne ließ durchblicken, den Amtsleiter nur aus der Zeitung zu kennen.

„Dich kann auch gar nichts berühren. Der Amtsleiter ist verheiratet, hat Kinder, eine nette Frau und ein schönes Haus", echauffierte sich Chefin.

Wenn du wüsstest, dachte Susanne und reagierte: „Du interessierst dich dafür, als wärst du unmittelbar betroffen."

„Quatsch, es ist doch keine Art, sich in eine Ehe einzumischen", meinte Chefin und schüttelte dabei den Kopf.

Finde ich auch, dachte Susanne, aber sagte nichts. Am liebsten hätte sie Chefin gebeten, sich aus anderer Leute Angelegenheiten herauszuhalten.

War es das, wovor Susanne Angst hatte, vor dem Gerede der Leute. Sie stellte sich Chefin vor, wie sie hinter vorgehaltener Hand mit anderen über Martins

Verhältnis tuschelte und sie als Opfer bemitleideten. Wie würde sie vor anderen dastehen, wenn Martin mit seiner Älteren in die Öffentlichkeit ging? Jeder würde meinen, er hätte einen kleinen Knacks. Vielleicht nahm man auch an, dass Susanne ihn mit ihrem Verhalten in diese Lage getrieben hatte.

„Momentan ist richtig viel zu tun, man spürt, dass die Saison beginnt. Ich habe den Feierabend verpasst", wechselte Susanne das Thema. Bevor sie sich endgültig auf den Weg machte, raffte sie schnell einige Dinge zusammen, die nicht auf den Ladentisch gehörten. Heute hatte sie die Nase voll von der Arbeit, von Chefin, von dem Gerede über die Affäre. Bei dem schönen Wetter vermisste sie in ihrer Wohnung einen Balkon, daher entschied Susanne sich für eine Tasse Kaffee in der Stadt.

16

Allmählich wurden die Tage kürzer und das regnerische Wetter drückte allgemein auf die Stimmung der Menschen, insbesondere bei Susanne, weil sie immer noch auf Martins Stellungnahme wartete. Es muss etwas passieren, ansonsten überstehe ich den Winter nicht, dachte sie, als sie von ihrem Schreibtisch aus das nackte Geäst der gegenüberliegenden Birken betrachtete.

Martin und sie lebten ein ausdrucksloses Leben, die Beziehung war an einem Punkt angelangt, an dem man nicht einfach umkehren konnte, dafür war zu viel Unausgesprochenes geschehen. Bereit, der Gegenwart ins Auge

zu sehen, wollte Susanne nicht mehr vor einer end-
gültigen Klärung davonlaufen. Martin hatte sich bisher
nicht entschieden, immer wich er Gesprächen über ihr
Beziehungsproblem aus. Susannes Vorschlag, ein ganzes
Wochenende bei seiner Freundin zu verbringen, um die
Entscheidung zu erleichtern, nahm er gleichgültig auf:
„Mal sehen, vielleicht."

Ihre Arbeit mit dem Literaturkurs geriet ins Stocken.,
Dieses Wochenende wollte Susanne nicht in Melancholie
verstreichen lassen, sondern endlich mit dem Lesen beginnen. Die Rahmenbedingungen waren geschaffen,
selbst der zum Schreibtisch umfunktionierte alte Küchentisch erwartete sie frisch poliert. Sie liebte diesen
Tisch. Er verband die Gegenwart mit ihrer Kindheit durch
sichtbare Spuren. Von längst vergangenen Zeiten
zeugten an einer Tischkante zwei Rillenfelder von den
Schraubzwingen eines Fleischwolfs, den ihre Mutter
zum Durchdrehen von Grünkohl benutzt hatte. Früher
wurde hier mit den Händen gearbeitet und heute arbeite
ich an dieser Stelle mit meinem Geist, dachte sie oft und
strich über dunkel eingebrannte Kreise, Spuren heißer
Töpfe.

Schon seit einiger Zeit hörte sie keine Musik mehr,
auch das nahm sie heute in Angriff. Mit Mozarts Horn-
quintett sollte der Trostlosigkeit ein Ende bereitet
werden. Schließlich wies das Horn fröhlich in die
Zukunft.

Ihr guter Vorsatz scheiterte nicht an Lustlosigkeit,
sondern an Konzentrationsschwäche. Immer wieder beschäftigte sie die Frage, was sie Martin im Gegensatz zu
einer älteren Frau nicht geben konnte. Er sprach einfach

nicht darüber. Wenn sie es wüsste, dann könnte sie handeln. Aber so war sie ständig auf der Hut wie ein scheues Reh, sie wollte ihm gefallen, wollte Bestätigung für sich erheischen gegen die andere.

Nein, das mache ich nicht mehr mit. Ich werde mich nicht mehr verbiegen und ich werde nicht mehr warten. So will ich nicht leben, ich will Klärung, auch wenn es das Ende unserer Ehe bedeutet. Sie lebte wie mit einem Phantom, das ihr Leben bestimmte, von dem sie sich unterdrücken ließ.

Unermüdlich rasten Gedanken, Interpretationen, Vorstellungen wie dunkle Gewitterwolken durch ihren Kopf und ließen sie nicht los. Ich muss endlich Ruhe finden, ansonsten werde ich verrückt, befürchtete sie und holte sich kurzentschlossen eine Flasche Rotwein in der Hoffnung, ruhiger zu werden.

Plötzlich hörte sie Martin nach Hause kommen. Die Eingangstür noch nicht geschlossen, rief er bereits laut ihren Namen. Seine Schritte näherten sich, er klopfte an und wartete, bis sie ihn hereinbat. Diesmal war es umgekehrt, heute saß sie am Schreibtisch. Martin schien zufrieden zu sein und sein Blick auf die Flasche Wein entlockte ihm sogar einen Scherz: „Was machst du denn? Hast du dir allein eine Flasche aufgemacht? Das hast du noch nie getan. Komm nicht an den Suff. Ich hole mir auch ein Glas, damit du nicht allein saufen musst." Dabei lächelte er und verließ das Zimmer locker wippenden Schrittes. Nachdem er sich wie gewohnt ein gebrauchtes Glas irgendwoher geholt hatte, schenkte sie ein, dann prosteten sie sich zu und redeten über Belangloses vom Tag.

Reiß dich zusammen und mach die Stimmung nicht kaputt, ermahnte Susanne sich stillschweigend, obwohl ihr bereits die Kehle schmerzte. Sie spürte, wie sich gegen ihren Willen die Augen mit Tränen füllten, die, anfänglich langsam, eine nach der anderen über ihr Gesicht kullerten. Danach lockerte sie sich, mochte der Alkohol seinen Beitrag geleistet haben, sodass die Tränen unter Schluchzen wie ein Wasserfall flossen. Martin zog sie zu sich heran, legte die Arme um sie, hielt sie fest, beruhigte sie eine Weile, während er zärtlich über ihren Kopf strich. Leise tröstend sagte er: „Susanne, lass die Tränen raus. Ich halte dich. Ich liebe dich. Wir schaffen es. Wir wollen miteinander weiterleben. Ich will ohne dich nicht leben. Glaub mir."

Vorübergehend beruhigt, löste sie sich aus seinen Armen, setzte sich auf ihr Bett und sprach mit gefasster, belegter Stimme: „Martin, ich kann nicht mehr. Was wird? Sag mir, wie wir es schaffen können. Du sagst mir nicht einmal, warum du eine Ältere wolltest. Was macht es aus? Worin unterscheide ich mich von ihr?" Dabei hob sie die Arme und griff mit beiden Händen an den Kopf: „Sag endlich etwas. Ich möchte wissen, wer es ist. Vielleicht fällt es mir dann leichter, mit der Sache fertig-zuwerden."

Martin setzte sich neben Susanne, nahm sie wieder in seine Arme, hielt sie umschlungen. Dann fiel sein Kopf in seine Hände und er begann ebenfalls zu weinen. Mit erstickter Stimme erklärte er: „Ich habe keine Frau gesucht. Sie ist mir über den Weg gelaufen. Ob älter oder jünger, dick oder dünn, darüber habe ich gar nicht nach-gedacht. Es war ein Zufall. Sie hätte auch zwanzig Jahre jünger sein können. Zuerst versuchte ich, meine Gefühle für sie zu unterdrücken, aber dann konnte ich es nicht mehr aushalten. Ich war nicht mehr Herr meiner rationalen Entscheidungen. Kannst du es verstehen? Du befindest dich in einem Hochgefühl und du darfst es niemandem zeigen. Es bebt nur so in einem, man ist wunderbar unruhig, man braucht keinen Schlaf, kein Essen und man geht Wege, die man sich vorher nicht traute. Ich wusste, dass es dir wehtut, aber ich musste meine Gefühle zum Ausdruck bringen.

Erneut liefen Tränen über sein Gesicht. Er umfasste Susannes Hände und beteuerte wiederholt, ohne sie nicht leben zu wollen. Auch ihm ging es an die Substanz: „Ich liebe euch beide. Wenn ich mit dir darüber spreche, dann liebe ich dich so sehr. Schon lange habe ich dich nicht mehr wie in diesem Moment gefühlt. Du willst wissen, worin ihr euch unterscheidet? Jede von euch ist anders. Ich will euch nicht ins Verhältnis setzen. Warum erwartest du das von mir? Versuch bitte, mich zu verstehen." Er ließ seinen Kopf auf Susannes Schultern fallen. Umarmungen, Tränen, Zärtlichkeit, Küsse, die zu irgendeinem Zeitpunkt in sexuelle Leidenschaft, in Begehren umschlugen. Sie hatten zueinander gefunden. Erschöpft, noch halb im Rausch, ließen sie die Zeit voranschreiten bis Susanne die beiden Gläser mit Rotwein holte: „Ich befürchtete, dass ich niemals wieder mit dir ins Bett gehen könnte. Martin, ich bin so froh, dass es geht und ich überhaupt nicht an die andere gedacht habe."

„Bedenken hatte ich auch, aber war es eben nicht schön?" Dabei küsste er Susanne und schwieg eine

Weile. „Wenn du immer noch möchtest, dann stelle ich dir Eva, so heißt sie, vor", sagte er mit erleichterter Stimme.

Der letzte Satz, ein Stich in Susannes Herz. Martin dachte in dieser Situation an die andere, an Eva. Kein Ehemann sprach einen derart heiklen Sachverhalt in einem solchen stimmungsvollen Moment gegenüber seiner Ehefrau an. Es war klar, Martin sah Susanne anders, aber wie?

„Ja, ich möchte", antwortete Susanne und entdeckte einen unbeschreiblichen Glanz in Martins Augen, den Glanz eines Verliebten. So bedeutungsvoll war Eva für ihn, dass er alles um sich herum vergaß. Bisher basierte Martins und ihre Liebe auf der vertrauten Beziehung, auf ihrer Ehe, ihrer sicheren Zweisamkeit, doch würde es zukünftig auch so sein? Ihr seid beide ganz unterschiedlich, hatte er gesagt, er konnte und wollte sich nicht entscheiden. Martin setzte sie also mit der Neuen gleich und gab ihr als seiner Ehefrau keinen Vorzug. Was machte die Gleichheit aus? Ganz einfach, es war der Zeit, sie musste ihre Rolle der Ehefrau ablegen und sich als Susanne, als freier Mensch, in das Zusammenleben einbringen.

Nach einigen Gläsern Rotwein schliefen beide erschöpft in ihrem Bett ein. Am nächsten Tag gingen sie sich nicht aus dem Weg, sondern überlegten, welche Umstände für ein Treffen die besten seien. Zu Hause bei Eva auf keinen Fall, in Martins und ihrem Zuhause auch nicht. Susanne konnte es sich nicht vorstellen, dass Martin mit Eva zur Tür hereinkam und sie ein herzliches Willkommen wünschte wie eine Mutter der zukünftigen

Schwiegertochter. Daher erwogen sie einen neutralen Ort, einem Lokal für das Kennenlernen.

Ich will die Freundin meines Mannes kennenlernen, aber überstehe ich eine solche Situation, fragte sich Susanne. Ihre Schwester bestätigte sie in ihrer Absicht: „Das kannst du, Susanne, was ist denn dabei? Endlich bist du mit im Geschehen und stehst nicht mehr außen vor, du kannst agieren und nicht nur reagieren. Ich finde es super. Was wolltest du mit einem Martin, der sich unter Schmerzen von seiner Geliebten trennt, um mit dir zusammen zu sein? Was wäre, wenn du dich trennst? Du würdest Martin Tag und Nacht nachtrauern. Schau erst mal, was es für eine Frau ist. Außerdem kannst du dich zu jeder Zeit neu verlieben, wenn der Zufall es will. Dir stehen jetzt alle Türen offen."

Sie hat gut reden, dachte Susanne, sie befindet sich nicht in der Situation. Recht hat sie, ich könnte mich jetzt auch problemlos verlieben. Aber ich möchte es gar nicht.

Martin wollte heute mit seiner Freundin über eine Verabredung sprechen.

17

Der unbefangenere Umgang zwischen Martin und Susanne täuschte nicht über ihr großes Unbehagen angesichts der morgigen Verabredung mit der Älteren hinweg. Ein verheerender Traum verfolgte Susanne seit der vorletzten Nacht. Martin und sie gingen in das Lokal, in dem hinten an einem Ecktisch eine große, schlanke

Frau mit stumpf geschnittenem Pagenkopf saß, deren garstiger Blick verriet, dass sie bestens auf die Begegnung verzichten konnte. Machtlos über ihren Körper, über ihre Psyche brach Susanne in Tränen aus und fiel in Ohnmacht, wie in zahlreichen theatralischen Romanen geschildert. Nun geschah das Allerschlimmste, was man nie zu lesen bekam, sich jedoch mit dem menschlichen Körper im Falle einer Besinnungslosigkeit ereignete, nämlich das Versagen der Schließmuskeln. Susanne kam wieder zu sich, hilflos in der Lache ihres eigenen Urins liegend. In dem Augenblick erwachte sie und dachte ängstlich: Hoffentlich geht alles gut.

Logischerweise musste sie sich nicht vor der anderen Frau fürchten, schließlich liebte Martin sie beide und beide liebten ihn. Aber was war an der Liebe logisch? Was für eine Person war die Ältere? Aus ihrer Erfahrung im Schuhgeschäft kannte sie zwei Arten Frauen höherer Altersgruppen. Einerseits den hageren Typ, ordentlich gekleidet, sehr gut frisiert, gepflegt, naturgraue oder bräunlich gefärbte, glatte Haare, höchst akkurat geschnitten. Oftmals hatten sie dünne Beine, schmale Lippen, waren ernsthaft, höflich, dabei distanziert freundlich, was sich in ihrem Gesichtsausdruck wie Bände der Moral niederschlug. Auf der anderen Seite war da der Mama-Typ, der lachte, scherzte, erzählte, über einen unkomplizierten Haarschnitt verfügte und oft lässig gekleidet war. Meist waren diese Frauen molliger und legten damit Zeugnis über ihre genussvolle Lebensart ab. Sie verschmähten keinen Wein, auch keine Sahnetorte. Sympathische, offene Frauen, die in ihren Handtaschen in einem heillosen Durcheinander nach dem Portemonnaie kramend, dabei auf Lippenstifte, Wimperntusche oder Tabletten stießen. Fehlte Kleingeld, griffen sie in ihre Manteltaschen und fanden neben Briefklammern und zerfetzten Papiertaschentüchern mit Sicherheit einige Münzen.

Nun hatte sie wieder den ganzen Weg zur Arbeit an Martin, an die Ältere und an die bevorstehende Verabredung gedacht.

Als Susanne pünktlich um vierzehn Uhr ins Geschäft kam, befand sich Chefin in Wartehaltung. Wieder war nicht geputzt worden, was Susanne mit einem neutralen „Guten Tag" überspielte.

„Oh, schön, Susanne, dass du kommst. Ich halte es kaum noch aus. Es ist nichts zu tun", seufzte Chefin und erwartete Mitgefühl. Dann hättest du doch putzen können, sagte Susanne gedanklich und brachte kommentarlos ihren Mantel nach hinten. Auf die Frage, ob am Morgen gar nichts zu tun gewesen war, reagierte Chefin aufgebracht. „Gar nichts nicht, aber nicht viel. Es ist fürchterlich, wenn man hier allein herumsteht."

Nein, ich weiß nicht, was es bedeutet, obwohl ich an und für sich immer allein hier bin, dachte Susanne. Ich kann leider niemanden anstellen, der mich unterhält. Susanne ärgerte sich über das Gestöhne und begann zu putzen, um dem Laden den gewohnten Glanz zu geben. Susanne wurmte es, dass nicht einmal die Schuhe geordnet waren. Chefin war eine komische Person, sie dachte nur an sich und alles um sie herum, war ihr gleichgültig. Die höchste Priorität galt ihrem Äußeren. Jeder Blick in den Spiegel wurde begleitet durch ihre lautlose Bekundung: „Spieglein, Spieglein an der Wand, ich bin die Schönste, die Klügste, die einzig Richtige im ganzen Land."

„Na, war es Mittwoch schön in deinem Lesekreis?", fragte Chefin und schaute Susanne herausfordernd an. Susanne war sich sicher, ihr Interesse galt nicht dem Literaturkreis, den benutzte sie lediglich als Aufhänger, gewissermaßen als Umweg, um die am Abend erhaltenen Produktinformationen aus einer Fernsehsendung weiterzugeben. Sie wollte mitteilen, dass ihre kluge Annahme durch ein anerkanntes Institut wissenschaftlich bewiesen wurde.

„Was lest ihr denn zurzeit?"

„Goethes Wahlverwandtschaften", antwortete Susanne knapp.

„Och, das habe ich im Fernsehen gesehen. Mensch, wenn ich nur diese Probleme hätte, dann wäre ich froh", winkte sie ab.

„Ich glaube kaum, dass Goethe vor mehr als zweihundert Jahren dreihundert überflüssige Seiten schrieb. Schließlich setzt sich ein ganzer Wissenschaftszweig mit seinem Werk auseinander", gab Susanne gereizt zurück und hätte sie am liebsten geschüttelt, ihr ins Gesicht geschrien, wie schwerwiegend solche Probleme waren.

„Oh, Entschuldigung, ich wollte dir nicht zu nahetreten. Jetzt kurz ein anderes Thema, ich habe gestern Abend zufällig ferngesehen", sagte Chefin in ruhigem Ton.

Zufällig, jetzt geht es los, dachte Susanne, bei irgendeinem Discounter gibt es Kosmetika zu kaufen, die um ein Vielfaches billiger ist als ein bekanntes hochpreisiges Produkt. In der Tat hatte Chefin eine Sendung über Augencremes gesehen und war überrascht, dass die günstigen Cremes besser seien als die teuren, obwohl sie erfahrungsgemäß nach den vielen gesehenen Testsendungen erahnen müsste, dass immer die günstigen hervorragend abschnitten.

„Nein, unglaublich. Man gut, dass du alles schaust, ansonsten würden wir hier hinter dem Mond umkommen", scherzte Susanne.

„Mach dich nicht über mich lustig. Ich habe sogar eine Liste für uns bestellt. Man kann sich nicht alles merken, denn es wurden noch andere Sachen getestet. Man ist ja seinem Geld nicht böse", erklärte Chefin selbstgefällig und hielt für sich sofort anerkennende Worte bereit: „Sieh an, so bin ich eben."

Susanne ließ sich durch das Gespräch über Kosmetika nicht von ihrem Putzvorhaben ablenken und erfreute sich an jedem Schuh, der wieder frisch abgestaubt im Regal stand. So zeigte er sich würdevoll, wie eine besondere Spezies. Inmitten seiner Artgenossen verfügte jeder Schuh auf seine Weise über ein individuelles Erscheinungsbild. Herrlich, ihr meine kleinen Skulpturen seht jetzt wieder richtig gut aus, freute sie sich und wollte den Tresen putzen, als sich die Tür öffnete und eine kleine Dame grüßend eintrat. Susanne grüßte zurück und fragte, wie sie ihr helfen könnte.

„Ich glaube, mir können Sie nicht helfen", winkte die Dame ab.

Bei derartigen Antworten, begleitet von abweisenden Gesten, blieb Susanne gelassen. „Welche Art Schuhe, sportlich oder elegant, suchen Sie denn?" versuchte sie es ein zweites Mal.

„Wenn ich das wüsste."

Eine Antwort, mit der niemand etwas anfangen konnte, daher empfahl Susanne der Kundin, sich erst einmal umzuschauen und sich zu melden, sobald sie Hilfe benötigte. „Ja", stöhnte sie, als hätte sie Weltbewegendes zu leisten, „das wird wohl das Beste sein."

Bekleidet mit einem weiten, langen Kamelhaarmantel, unter dem sehr kleine, weit auseinander gestellte Füße hervorlugten, wirkte der Körper recht gedrungen, was ihr kleiner Kopf, ihr nur anzunehmender Hals und die Kurzhaarfrisur bekräftigten. Eine groteske Erscheinung, wie ein Würfel, dachte Susanne. Ende fünfzig, Anfang sechzig, schätzte sie und musste in diesem Moment an Martin und seine Ältere denken. Wenn sie so aussieht? Das könnte tatsächlich sein, obwohl sie immer große, schlanke Frauen vor Augen hatte.

Tippelnden Schrittes bewegte sich die Kundin zu den Regalen, betrachtete oberflächlich die Schuhe und verabschiedete sich nach kurzem Rundgang mit den Worten: „Ich wusste es gleich, es ist nichts dabei."

Chefin hatte sich bereits ihre grässliche grüne Lederjacke für junge Mädchen angezogen, dazu ihre auffällige Designersonnenbrille aufgesetzt und äußerte sich zu der Dame, die eben das Geschäft verlassen hatte. „Dachte ich mir gleich, dass sie nichts nimmt. Hast du die kleinen Füße gesehen? Solche Frauen wollen gar nicht, dass du sie berätst, denn es könnte in Größe 35 doch etwas dabei sein. Und schon hätten sie das Gefühl, mit ihrer Schuhgröße nichts Besonderes mehr zu sein. Gut, das war es dann wohl für heute. Wenn es voller werden sollte, dann ruf an. Ansonsten bleibe ich zu Hause."

Stampfend verließ sie das Geschäft und setzte ein cooles Modelgesicht auf, eines, das derzeit angesagt war. Chefin wurde in diesem Jahr sechsundvierzig Jahre alt und trug Kleidung, die für Fünfundzwanzigjährige gedacht war. Sie war der Meinung, dass ihr schlanker Körper durchaus mit jüngeren konkurrieren konnte. Vielleicht war es diese Illusion, die sie noch einigermaßen beglückte. Wenn die Ältere so wie Chefin war, dann hatte sie sich in Martin absolut geirrt, aber für Susanne war es unvorstellbar, dass Martin eine als junge Frau verkleidete Sechzigjährige mochte.

Allein im Geschäft, kochte Susanne sich erst einmal Kaffee und kramte die geliebten Kekse, Nussteig mit Schokoglasur, aus ihrer Tasche. Nie konnte sie so lange warten bis der Kaffee fertig war, sondern griff vorher immer wieder in die Tüte.

Nachmittags räumte Susanne verschiedene Schuhe um. Sie hielt einen hohen dunkelroten Pumps in der Hand, als es ihr in den Sinn kam. Hatte nicht vor einiger Zeit eine etwas dickere Frau von ihrem jungen Dionysos geredet? Er würde ihre Rundungen mögen. Vielleicht war sie Martins Geliebte, weibliche Rundungen mochte er. Krampfhaft versuchte sie sich an die Frau zu erinnern, aber hatte kein konkretes Bild vor Augen. Erst gegen Abend erfuhr sie Ablenkung durch Kunden. Eine Dame mittleren Alters verzichtete dankend auf Beratung, weil sie sich lediglich umschauen wollte. Das junge Ehepaar, als solches gekennzeichnet durch gleiche, am rechten Ringfinger befindliche breite, kantig gearbeitete Ringe, vermutlich aus Platin, wollte sich in Ruhe allein umsehen. Der Mann wie die Frau waren zwischen dreißig und fünfunddreißig Jahre alt, schlank und groß, mit strengem Gesichtsausdruck. Er, gekleidet in einem grauen Anzug mit weißem Hemd, Krawatte, hochwertigen schwarzen Schuhen und mit gepflegtem Kurzhaarschnitt. Sie trug Jeans mit rosafarbener Bluse, dunkelblauem Blazer und Collegeschuhen. Ihr glattes, blondes Haar war streng zu einem Zopf nach hinten gebunden. Sein Augenmerk richtete sich auf hohe Pumps mit spitzem Absatz. Sie dagegen schaute sich im gegenüberliegenden Regal sportliche Schuhe an.

Susanne hatte Erfahrung mit Paaren, die beruflich als Rechtsanwälte, Steuerberater, Bankangestellte oder als höhergestellte Personen im öffentlichen Dienst einzuordnen waren. Gelegentlich redeten sie wie Arbeitskollegen miteinander, auch wenn sie anstelle des „Sie" „Schatz" zueinander sagten. Eigentlich sagten sie immer „Schatz" und ersetzten damit ihre Vornamen. Im Geschäft bezogen sie sich ausschließlich aufeinander, Verkäuferinnen waren lästig und wurden vornehmlich als Warenbetreuerinnen geduldet. In den Anfangsmonaten ihrer Tätigkeit als Verkäuferin hatte Susanne sich noch oft unaufgefordert geäußert, was mit geringschätziger Ignoranz gemaßregelt wurde. Das machte sie heute nicht mehr. Eine große Portion Ironie half ihr, mit solch stocksteifen Kunden umzugehen.

Während sie auf dem Tresen für Ordnung sorgte, beobachtete sie die beiden unauffällig. Der Mann hielt seiner Frau einen hohen Pumps entgegen. Dabei hatte er das Prachtmodell in schwarzem Wildleder und einem ungefähr acht Zentimeter Stilettoabsatz auf seine rechte Handfläche gestellt. „Schau mal, Schatz, wäre das nichts für dich? Der sieht doch wunderschön aus", lächelte er.

„Ja, ja, ich glaube es auch. Du willst wohl, dass ich mir die Füße breche", antwortete sie ablehnend.

„Nein, Schatz, ganz im Ernst, ich finde diesen Schuh wirklich sehr schön. Schau mal, wie gut er gearbeitet ist." Dabei ging er auf sie zu.

Sie winkte genervt ab: „Quatsch, ich kann auf solchen Dingern nicht laufen. Ich ziehe so etwas nicht an."

„Ich finde sie schön. Schatz, hör mal. Ich schenke sie dir. Probiere es doch mal, Schatz", wurde seine Bitte eindringlicher.

Mehr als leicht gereizt, ihn dabei kühl anlächelnd, zischte sie durch ihre kleinen Zähne: „Schaaaatz, ich habe es gerade erklärt. Ich kann auf solchen Dingern nicht laufen."

„Du musst ja nicht darauf laufen", sagte der Mann schmunzelnd.

Die andere Kundin hatte seinen Eifer ungewollt mitgehört und stieß ein lautes „Huuch" aus.

Daraufhin zog der Mann ein verwundertes, schalkhaftes Gesicht, hob seine Augenbrauen und zuckte einmal kurz mit den Schultern. Verärgert wünschte die Ehefrau das Geschäft zu verlassen, sie hatte angeblich nichts gefunden. Er verabschiedete sich mit vergnügtem Gesichtsausdruck, steckte beide Hände in die Hosentaschen und folgte seiner wütenden Frau tänzelnd nach draußen.

„Der hat es nicht leicht, so ein netter Mann mit diesem fiesen Besen, die gar nichts fühlt", sagte die reifere

Kundin kopfschüttelnd und sah, ebenso wie Susanne, den beiden nach, wie sie hintereinander die Straße überquerten. „Diese junge Frau sollte man ein Bad in Frauenschuh-Orchideen verschreiben, aber ob es hilft?", lächelte die Kundin. „Schöne Absatzschuhe haben etwas Aufreizendes, etwas Erotisches, und wenn ein Mann seine Frau immer in flachen Schuhen sieht, dann kann man es doch verstehen, dass er irgendwann mal die Nase voll davon hat. Man ist doch nicht gleich eine Nutte, wenn man hohe Absätze trägt. Na ja, die beiden sind noch jung. Wer weiß, wie lange sie zusammenbleiben."

Susanne bestätigte die Haltung der lebenskundigen Dame und konnte sich die junge, spröde, energische Frau nicht leidenschaftlich mit Pumps im Bett vorstellen. Es passte nicht zu ihr. Vielleicht erfüllte ihr Mann sich seine Wünsche irgendwann mit einer erfahrenen älteren Frau. Mangelnder Sex hatte es bei Martin nicht ausgemacht, war Susanne sich ganz sicher. Sie sah auf die Uhr, es war Feierabend. Nun musste sie noch saugen und im Eingangsbereich Schuhe dekorieren.

Auf dem Weg nach Hause traf Susanne zwei nette Bekannte, die sie auf ein Glas Wein einluden, was sie dankend ablehnte. Heute stand ihr der Kopf nicht nach belangloser Unterhaltung. Vielleicht würde Martin zu Hause sein, und sie konnte mit ihm über den morgigen Abend sprechen.

18

Je näher der Zeitpunkt der Verabredung rückte desto nervöser wurde Susanne. Morgens beim Frühstück mit Martin gab sie sich betont entspannt. Er machte einen ähnlichen Eindruck, lässig, locker, jedoch konnte er seine innere Unruhe nicht so gut verbergen. Trotz Wochenendes hatte er noch in der Redaktion zu tun, wies beiläufig darauf hin, dass er spätestens am Nachmittag zurück sein würde.

Seitdem die Verabredung mit der Älteren feststand, verhielten sie sich überaus rücksichtsvoll, nahezu liebenswürdig zueinander. Mochte der Grund in beider Unsicherheit gegenüber der fremden Situation bestehen oder sie vermieden Konfrontationen, um die Verabredung nicht zu gefährden.

Susanne überlegte lange, welche Kleidung zu diesem Anlass die passende war. Was würde die andere tragen, was trägt eine ältere Frau? Kostüm, Hosenanzug? Das kam für sie nicht in Frage, schließlich war sie jung. Warum sollte sie sich aus Rücksicht auf eine Ältere als Aschenputtel kleiden? Immerhin war ihr Alter ein hoher Trumpf. Dann waren ihr diese Konkurrenzgedanken peinlich und sie fragte sich nach deren Herkunft. Scheinbar war sie ihr bereits in die Wiege gelegt worden, schlummernde moralische Werte, die sich in bestimmten Situationen eigenständig breitmachten und nur mühevoll verbannt werden konnten.

Genug gegrübelt, jetzt muss ich für Einhalt sorgen, erst einmal alles freipowern, dann duschen und anziehen, was mir in die Quere kommt. Nach heute Abend weiß ich mehr, sagte sie sich und machte sich auf den Weg zum Joggen. Als Martin gegen Abend nach Hause kam, war sie längst fertig angezogen in blauer Jeans, blauem Pullover und passenden Schuhen mit kleinem Absatz. Sie hatte sich dezent geschminkt und ließ ihre Haare wie jeden Tag leicht gelockt.

„Wir können zu Fuß zum Muffel gehen", schlug Martin vor. „Muffel" war ihr beider Phantasiename für die Pizzeria, die sie oft besuchten. „Muffel" bezog sich nicht auf Unsauberkeit, sondern auf das Personal nebst Chef, das kein Wort zu viel redete.

Warum will Martin zu Fuß gehen, überlegte Susanne. Im Gegensatz zu ihr, bewegte Martin sich nur in unumgänglichen Situationen auf seinen Beinen fort. Weitere Bedenken kamen ihr, als sie ihn fröhlich duschen hörte, obwohl er es sonst strikt ablehnte, abends noch zu duschen. Wie zackig er sich bewegt, dachte Susanne, als sie ihn anschließend in seinem Zimmer hörte, jetzt fehlt nur, dass er pfeift, dann gehe ich nicht mehr mit.

Noch war ihr das Anziehende, das Geheimnisvolle der anderen Frau verborgen, einzig an Martin nahm sie positive Verhaltensweisen wahr, die sie auf die andere, nicht auf sich zurückführte. Erleichtert bemerkte sie, dass er auf seine ausgebeulten Hosen nicht verzichtete, ebenfalls trug er wie gewohnt ein Shirt, was im Schrank als oberstes auf dem Stapel gelegen hatte. Er sah auf die Uhr und drängte, loszugehen.

Eine fremde Situation und ein veränderter Mann, stellte Susanne fest und rückte von ihrer Gewohnheit ab, sich bei ihm einzuhaken. Zuerst gingen sie nebeneinander, redeten unentwegt über alles und nichts, bis

Martin im Schritt schneller wurde und sie dazu an die Hand nahm. Es dauerte gut fünfzehn Minuten, und schon war die Pizzeria mit ihren bunten Glitzergirlanden in Sicht. Die mit Riesentopfblumen vollgestopften Fenster hätte man auch irgendwo in einem Dorf südlich von Neapel finden können. Ein Unikum, allerdings bis jetzt nicht als heißer Tipp gehandelt, infolgedessen bildeten ganz normale Leute den Großteil der Gäste.

Vor der Pizzeria angekommen, verlor Susanne vor Aufregung fast den Boden unter den Füßen, sodass Martin sie mit beiden Händen fest an die Schultern fasste, ihr in die Augen blickte und versicherte: „Eines ist vollkommen klar, sobald du gehen möchtest, weil du dich nicht wohlfühlst, gehen wir. Ich werde dich auf jeden Fall nach Hause begleiten. Wir treffen uns mit Eva, weil wir zusammenbleiben wollen. Ich wünsche mir so sehr, dass es schön wird."

Oh je, was bin ich für ein Kamel, dass ich das auf mich nehme, schluckte Susanne trocken herunter, während sie nach Martin das Lokal betrat. Ein rechteckiger Raum, der in der Mitte durch eine grobe, dunkle, kurze Holztheke unterbrochen wurde. Kleine, quadratische Pizzeriatische mit rotweiß karierten Decken, Kunstblumen und einer Kerze im Terracottaständer lenkten von dem geschmacklos gekachelten Fußboden ab. Ein Sammelsurium kärglicher Bilder diente, manchmal schief, manchmal gerade, als Schmuck für die Wände. Zusammengefügt handelte es sich ohne jeden Zweifel um hundert Quadratmeter Süditalien mitten in Norddeutschland. Sie durchquerten den gesamten vorderen Teil des Lokals, um in den hinteren Raum zu gelangen, wo sich größere

Tische für mehr als zwei Gäste befanden. Ob die andere schon da war, fragte sich Susanne bewusst zwanglos umherschauend. Dabei spürte sie deutlich, wie jedes einzelne Körperteil zitterte, selbst ihre Zähne klapperten. Als die Bedienung mit ungezwungenem „Hallo, buon giorno" grüßte, zögerte Martin und grüßte zurück. Augenblicklich sah Susanne Frau Mertens an einem der Tische sitzen. Nein, auch das noch, jetzt sieht sie mich und erzählt es womöglich Chefin, befürchtete Susanne. Das kann ja heiter werden, in diesem Kaff kann man auch gar nichts verheimlichen. Unkonzentriert, trotzdem freundlich, nickte Susanne kurz grüßend mit dem Kopf, um an Frau Mertens vorbei den hinteren Bereich zu inspizieren, und sah einen Tisch mit drei Gedecken, beherrscht von einem großen Metallschild: „Reserviert". Die andere war noch nicht da. Sie spürte ihr Herz in der Halsschlagader pochen. Scheinbar ging es Martin ebenso, der sie jetzt auffallend nervös mit zusammengezogenen Zornesfalten fragend ansah. Nein, dämmerte es ihr, als sie seinem Blick folgte. Wie vom Blitz getroffen, bebte Susanne nun noch mehr. Ihr Herz schlug spürbar lauter. Das sollte Eva sein? Skeptisch schaute sie Martin an, danach warf sie einen kurzen Blick auf Frau Mertens. Susanne fühlte ihre feuchten Hände, ihre weichen Knie. Jetzt nur nicht die Hand geben müssen, hoffte sie, die zugenommene Nässe zwischen den einzelnen Fingern spürend. Gedanken schossen durch ihren Kopf: Chefins Bekannte. Warum habe ich nicht an diese Frau gedacht? Deutlich älter als wir, aber bestimmt noch keine fünfundsechzig. Sie sieht gut aus, sie ist attraktiv.

Frau Mertens hatte gewiss gewusst, wer sie war, denn warum sonst hätte sie einer fremden Verkäuferin die Sache mit einem Freund in Bologna erzählt? So erklärte sich Susanne auch die Hartnäckigkeit bei dem vorletzten Besuch im Geschäft. Sie hatte ihr ein Gespräch förmlich aufgedrängt, war dabei distanziert freundlich, setzte jedoch ihre Zeichen durch beachtliche Selbstsicherheit. Susanne spürte ihr glühendes, mit Röte überflutetes Gesicht, als Martin die beiden Frauen miteinander bekannt machte: „Also, Eva, das ist meine Frau Susanne, und Susanne, das ist Eva."

Wer wird hier wem vorgestellt, ich als Ehefrau der Geliebten meines Mannes? Hätte sie mir nicht vorgestellt werden müssen, dachte Susanne sogleich.

Eva Mertens stand auf, reichte Susanne die Hand und sagte mit sicherem Tonfall: „Ich freue mich, Sie näher kennenzulernen und vor allen Dingen, dass du, ich setze voraus, dass einem Du nichts entgegensteht, also dass du Martins Frau bist."

Scheinbar zwanglos benutzte Susanne gleichfalls das saloppe Du und verwarf ihre Bedenken angesichts der Reihenfolge, wer wem zuerst vorgestellt wurde.

Erst einmal brachten Martin und sie wortlos ihre Jacken an die Garderobe am Ende des Raumes. Als sie zurückkamen, zog er für Susanne den Stuhl gegenüber von Eva zurück und signalisierte, dass sie dort Platz nehmen konnte. Er setzte sich neben Susanne, demzufolge blickten beide Eva an, Martin diagonal über den rechteckigen Tisch und Susanne geradewegs. Sie mochte Eva nicht direkt ansehen. Gleich nach einigen gewagten Blicken spekulierte sie über ihr tatsächliches Alter.

Schwer zu schätzen, das teilweise mit einem langen Pony verdeckte, großflächige Gesicht. Zum ersten Mal bemerkte Susanne ihren auffallend schönen Mund mit den kräftigen, wohlgeformten Lippen und ihre dunklen, wachen Augen. Susanne schätzte sie auf ungefähr fünfundfünfzig, ein dunkler, weiblicher Frauentyp mit kräftigen Haaren, die etwas zerzaust aussahen. Kein Mama-Typ, auch kein strenger Typ, eben eine selbstbewusste, ernsthafte Erscheinung, eine sympathisch wirkende Frau, die angeblich einen Freund in Bologna hatte. Obendrein sollte sie, laut Chefin, ein Verhältnis mit dem Amtsleiter haben. Vielleicht war dieser Mann von Chefin nur erfunden worden, um herauszufinden, ob Susanne das Verhältnis von Martin und Eva bekannt war. Eine Bekannte von Chefin, da muss Martin sich warm anziehen, dachte Susanne.

Eingangs gestaltete sich das Gespräch zäh und sprunghaft. Die Frauen bezogen sich auf ihre Begegnungen in der Volkshochschule, am Bahnhof und im Schuhgeschäft, worüber Martin nicht im Bilde war. Aufmerksam hörte er zu.

„Sollen wir uns nicht erst einmal einen kleinen Aperitif bestellen, vielleicht Prosecco?", fragte Eva mit leichtem Lächeln um die Mundwinkel und schaute beide an. Susanne willigte ein und dachte, sich verhört zu haben, als Martin dem Vorschlag zustimmte. Anfangs konzentrierten sich das Gespräch auf Tätigkeit, Herkunft und Lebensumfeld.

„Von mir weißt du bereits, was ich mache. Zudem kennst du meine Chefin persönlich", äußerte sich

Susanne in der Hoffnung, Klarheit über jene Beziehung zu erlangen.

„Nein, ich kenne sie nicht, ich habe sie nur einige Male im Schuhladen gesehen. Als sie mich mit meinem Namen ansprach, war ich überrasch. Ich wollte lediglich wegen der reklamierten Schuhe nachragen und sie überrumpelte mich mit einem Gespräch über dicke Sohlen", erklärte Eva die vergangene Situation im Geschäft. „Eine rätselhafte Person. Na ja, vielleicht sollten wir hier dieses Thema damit beenden, denn ich befürchte, wir langweilen Martin."

„Es langweilt mich nicht", reagierte er, „im Gegenteil, ich habe meine eigenen Erfahrungen mit ihr gemacht. Susanne ist zu bewundern, dass sie es mit diesem Besen aushält." Martin lächelte ironisch, zupfte an der Kunstblume herum und fuhr fort: „Wenn ich im Geschäft anrufe und Susanne sprechen möchte, verhält sie sich wie ein Anrufbeantworter. Sie sagt nicht: ‚Hallo Martin, du willst bestimmt Susanne sprechen', sondern sie spricht, indem sie jede einzelne Silbe deutlich betont: „Moment bitte, ich schaue eben nach, ob es passt". Danach reicht sie Susanne das Telefon. „Für dich". Sobald Susanne fragt, wer sie sprechen möchte, gerät sie in Verlegenheit, stammelt und druckst herum, weil ihr mein Name einfach nicht über die Lippen zu gehen scheint." Er schüttelte lachend den Kopf und meinte, dass er es seinem Feind nicht wünschte, mit Chefin zusammen sein zu müssen. Daraus entstand ein Gespräch über Selbstständigkeit und scheinbarer Unabhängigkeit.

Nach und nach lockerte sich die Anspannung durch den Prosecco. Als die Bedienung die Bestellung aufnehmen wollte, erkundigte sich Eva bei Susanne und Martin nach einem empfehlenswerten Gericht. Martin äußerte sich nicht dazu und blätterte gegen seine Gewohnheit in der Speisekarte. „Wenn wir hier essen", antwortete Susanne mit wiedergewonnener Sicherheit, „dann essen wir immer Pizza, das ist das Einzige, was richtig gut schmeckt."

„Dazu nimmt jeder ein Bier, und wir sind zufrieden", führte Martin Susannes Aussage lachend zu Ende.

Eva bestellte sich Pizza mit Rotwein. Susanne schloss sich an und wunderte sich, dass selbst Martin heute Rotwein zum Essen trank.

Auf Susannes Nachfrage berichtete Eva von ihrer momentanen Arbeit. Sie wirkte an einer Studie über allgemeines kulturelles Leben in kleineren Städten und ländlicher Umgebung mit. Später sollten noch differenzierte Untersuchungen im Bereich Kunst, Musik und Film folgen, um in Erfahrung zu bringen, welche kulturellen Ressourcen für ein interessanteres Leben vor Ort noch nicht ausgeschöpft waren. Die Studie sollte helfen, einer zunehmenden Überalterung vorzubeugen und jungen Leuten das provinzielle Leben schmackhaft zu machen. Susanne bestätigte die Problematik mit ihren Erfahrungen an der Volkshochschule, wo mehr als die Hälfte der Teilnehmer über fünfzig war.

Still verfolgte Martin die Unterhaltung der beiden Frauen, die sich zu verstehen schienen.

Eva erzählte weiter, dass sie bis vor sieben Jahren in Neuseeland an einer Hochschule gelehrt hatte. Danach war sie als Lehrbeauftragte an ein privates Institut in Bielefeld gewechselt. Seit einem Jahr arbeitete sie an der

Uni und widmete sich ausschließlich ihrem Forschungs-
auftrag. Ihre Wohnung in Bielefeld war befristet
vermietet und hier lebte sie in einer großen Zwei-
zimmerwohnung in der vierten Etage der Innenstadt.
„Man kann zwar wenig Kultur erleben, dafür aber sehr
nette Menschen kennenlernen", lächelte sie, sah Martin
an und streckte ihre Hand über den Tisch, um ihn
flüchtig anzufassen. Die kurze sanfte Berührung, begleitet von einem nicht für jeden bestimmten Blick, ging
Susanne durch Mark und Bein. Im Verlauf des
Gespräches hatte sie fast den Grund des heutigen
Zusammentreffens vergessen. Da war sie wieder, die
nackte Realität. Nun wurde Susanne neben der Person
auch mit der Intensität der Beziehung konfrontiert. Zwar
verunsichert, dennoch ließ Martin sich berühren und
erwiderte in diesem Moment Evas tiefen Blick. Gleich
danach lächelte er Susanne verlegen an, die äußerlich
ganz entspannt schien, obwohl sie am liebsten laut
aufgeheult hätte. Ein Schmerz, der sie zerreißen wollte.
Nur die Ruhe bewahren, der Schalter lässt sich so oder
so nicht einfach umlegen. Ich will nicht spekulieren, ob sie
mir was vormachen, dachte Susanne, schob sich mit
ihrem Stuhl in eine Position zurück, dass sie beide ansah
und fragte ohne Umweg: „Und ihr kennt euch seit fünf
Monaten?"

Beide verneinten, ihre Glückseligkeit weitestgehend
verdeckend, und erklärten, dass sie sich vor ungefähr
drei Monaten während eines Interviews für die Zeitung
das erste Mal begegneten.

Eva erfasste sogleich Susannes Traurigkeit, beugte
sich vor und sprach sie direkt an: „Susanne, ich will dir

124

Martin nicht wegnehmen. Schließlich bist du ein Teil von ihm. In unseren Gesprächen betonte Martin, dass du zu ihm gehörst, und ich bin mir sicher, ohne dich wäre er ein anderer. Du kannst gewiss sein, wenn du es nicht verkraftest, dass Martin und ich gelegentlich zusammen sind, dann werde ich mich zurückziehen."

Ihr Blick wanderte zu Martin, der Evas Ausführungen konzentriert verfolgte.

„Mittlerweile bin ich sechsundfünfzig Jahre alt, habe mich in einen jüngeren Mann verliebt. Ich weiß von der Vergänglichkeit des erotischen Zaubers. Irgendwann nach dieser Zeit steht ein normales Leben an, wofür man mehr Menschen braucht als nur den einen. Fremde Menschen, verschiedene Menschen, Individuen, unabhängig vom Geschlecht, die jeden Tag aufs Neue liebenswert sind, mit denen man jeden Tag Mensch sein kann. Solche, die mich nicht so lassen, wie ich bin, durch die ich mich verändere, die auch ich verändere." Ein Schleier hatte sich über Evas Augen gelegt, während in ihrer Stimme etwas Sehnsüchtiges mitschwang: „Ich möchte bewusst leben, neue Beziehungen eingehen, mich reiben, Veränderungen vorantreiben, das ist mein Leben."

Susanne distanzierte sich schweigend. Sie wollte Evas Lebenseideal nicht an sich heranlassen. Sie mochte Menschen nicht, die sich mit ihrer Haltung derart in den Vordergrund stellten.

Nun entschuldigte sich Eva für ihren ausgedehnten Monolog, mit dem sie Susanne die Angst nehmen wollte, irgendwann Martin für sich allein haben zu wollen. Am allerwenigsten wollte sie Susannes Konkurrentin sein.

Klare Worte, dachte Susanne tief berührt und vernahm, wie es in ihr nachhallte: Leben mit verschiedenen Menschen, mit Individuen, die einen nicht so lassen, wie man ist. Diese Aussagen ließen sich nicht einfach verdrängen, sie veränderten Martin und sie und ihre Beziehung. Plötzlich erschien Susanne die gegenwärtige Problematik einfach, da es sich um ein Geflecht von mehr als zwei Menschen handelte, in dem sie integriert war, mittendrin, nicht ausgegrenzt. Sie war eine der drei beteiligten Individuen.

Enge Zweierbeziehungen lieferten weiteren Gesprächsstoff. Zunächst beschrieb Susanne ihre Beobachtungen bei Ehepartnern, die im Laufe des Zusammenlebens nicht nur ähnliche Verhaltensweisen entwickelten, sondern sich ebenso in Haltung und Mimik anglichen, obwohl sie wenig miteinander kommunizierten. Selbst in den Ferien saßen sie sich gelangweilt, meist schweigend gegenüber. Die stille und bedrückende Marter begann oftmals schon am Frühstückstisch. Einander gegenübersitzend schmierten sie sich Brötchen, schenkten Kaffee ein, stellten ihre Ellbogen auf den Tisch, falteten die Hände unter dem Kinn und beobachteten abwechselnd genauestens ihr Gegenüber. Hin und wieder erlaubten sie sich eine Beurteilung der Marmelade, des Kaffees oder des Wetters. Das unbewegliche, apathisch anmutende Bild, gestört durch energisches Entfernen der Krümel, als handelte es sich um bedrohliches Ungeziefer, war oft Bestandteil der Frühstücksatmosphäre in vielen Ferienunterkünften.

„Wenn die Sache nicht so traurig wäre, könnte man darüber lachen", sagte Eva. Sie berichtete von einem alten Ehepaar in einer kleinen Etagenwohnung. Die Frau bewegte sich gern, ging zum Sport, ging spazieren, und ihr Mann saß von morgens bis abends wie eingerostet im Wohnzimmer oder auf dem Balkon und löste Kreuzworträtsel. Ihre Kommunikation beschränkte sich auf Satzfetzen, die sie sich wechselseitig an den Kopf warfen. Die Frau dominierte den Mann mit ihrer Beweglichkeit, worauf er jede ihrer Lebensäußerungen scharf kritisierte, selbst ein gebratenes Kotelett wurde zu einem zu heiß gebratenen.

„In solchen Fällen kann man nicht mehr von Liebe sprechen. Wahrscheinlich ist die Liebe zu Ende, weil man den anderen durch und durch kennt. Es gibt keine Überraschungen mehr und man stirbt bei lebendigem Leib", kommentierte Susanne Evas Bericht und sprach ihre im Literaturkreis wie im Schuhgeschäft gewonnenen Erkenntnisse an, wo Frauen ihre Männer ganz selbstverständlich in aller Öffentlichkeit für doof erklärten. Auch Eva kannte die respektlose Art, über Männer zu sprechen, und fügte hinzu, dass es gerade bei älteren verheirateten Frauen sehr ausgeprägt war.

„Männer reden selten über ihre Frauen. Wenn sie mal über Frauen reden, dann nicht über die eigene, sondern über besonders auffallende, ob negativ oder positiv, Kolleginnen, Nachbarinnen. Ansonsten interessieren sie sich für Hobbys", merkte Martin an. Seine Kollegen bezogen sich ausschließlich auf enge Bekanntenkreise, im ländlichen Bereich hatte jeder seine Clique, die jahrzehntelang von Kindheit an gewachsen war und soziale Verbindungen garantierte in Form von Geburtstagsfeiern, Silvesterfeiern und anderen Zusammenkünften.

Festzustellen war jedoch, dass Zugezogene sich nicht in den Gruppen etablierten. Fremdheit begegnete man mit Skepsis, denn ihre gewohnten Strukturen wollten alle Mitglieder nicht in Frage gestellt und von außen beeinflusst wissen. Martin beobachtete während eines Kollegengeburtstags, wie die erste Stunde dem Betrinken diente, um moralische Grenzen abzubauen. Das anschließende Tanzen verstärkte den Rausch, sodass Männer wie Frauen sich wechselseitig vor den Augen aller begrabschten, da packte ein betrunkener Mann einer Frau schon mal zwischen die Beine, und umgekehrt griff eine betrunkene Frau dem Mann in den Schritt. Dabei wurde gegrölt und gelacht, dass sich die Balken bogen. Im Nachhinein war der Gastgeber äußerst zufrieden mit der Party, ohne jemals Details anzusprechen.

Hierzu wusste Susanne von den Schilderungen einer Kundin über eine verheiratete Frau und Mutter zu erzählen. Sobald diese mit ihrer Frauenclique ausging, trug sie ein Kondom griffbereit in ihrer Handtasche, und wenn es sich im Laufe des Abends ergab, verschwand sie mit einem Mann nach draußen. Martin, Eva und Susanne kamen darin überein, dass über Einengung sowie Unzufriedenheit in Beziehungen selbst nicht gesprochen wurde. Lediglich lockerte der Alkohol ab und zu die moralischen Zügel, die jedoch im nüchternen Zustand wieder stramm anzogen wurden.

Der Abend verging wie im Flug. Schon lange hatte Susanne sich nicht mehr so angeregt über Eigenarten von Paaren, Männern und Frauen auseinandergesetzt. Manchmal besprach sie mit Martin ähnliche Themen, jedoch nie so ausführlich. Nachdem sie die Rechnung bezahlt hatten, vergewisserte sich Martin, dass Eva auch zu Fuß gekommen war, so dass sie gemeinsam den Rückweg antraten. Auf einmal dachte Susanne, was wäre, wenn Martin jetzt mit zu Eva gehen wollte und sie vorher nach Hause brächte. Was nicht ist, muss mich nicht bewegen, beruhigte sich Susanne und machte sich mit den beiden auf den Rückweg.

19

Immer noch erzählend, nicht im Geringsten müde, gingen sie auf dem Nachhauseweg nebeneinander her. Vor ihrer Haustür lud Eva zu einem abschließenden Getränk ein, was nach kurzem Hin und Her, nicht zuletzt aufgrund der fortgeschrittenen Stunde, auf einen der nächsten Tage verschoben wurde. Susanne spürte ihr Herz, es klopfte laut. Wie würde Martin sich von Eva verabschieden, mit einem leidenschaftlichen Kuss oder per Handschlag? Susanne wollte dabei nicht zusehen müssen. Am liebsten wäre sie im Erdboden versunken. Sekunden wurden zu Stunden. Unsicher standen sie im Kreis zusammen, jeder jeden beobachtend, niemand wusste, wie er sich verhalten sollte. Endlich brach Eva die angespannte Situation, sie lächelte Martin an, streichelte kurz mit ihrem rechten Handrücken über seine linke Gesichtshälfte. Ihr Lächeln erwidernd, beugte er sich leicht nach vorn, fasste mit beiden Händen an ihre Schultern und küsste sie kurz auf den Mund. Ein flüchtiger Kuss, den oft Ehemänner ihren Frauen geben, wenn sie für kurze Zeit das Haus verlassen.

Schnell und schmerzlos, folgerte Susanne innerlich schlotternd, was wird jetzt mit mir? Eva ging lächelnd auf sie zu, neigte ihren Kopf, fasste Susanne an beide Hände, bedankte sich für den schönen Abend und wünschte eine baldige Wiederholung. Susanne hätte Eva am liebsten umarmt, so gerührt war sie. Alle wünschten sich eine gute Nacht, und während Eva ins Haus ging, setzten Susanne und Martin ihren Heimweg fort. Ob Martin jetzt darüber zu sprechen beginnt, überlegte Susanne. Beide waren nachdenklich, keiner mochte das Schweigen brechen bis plötzlich ein wilder Autofahrer mit quietschenden Reifen um die Kurve fuhr. Obwohl sie auf dem Bürgersteig gingen, sprang Martin erschrocken zur Seite, riss Susanne mit und legte schützend seinen Arm um sie.

„So ein Idiot", rief er wütend, „der hätte uns überfahren können, dann wäre es vorbei mit der Herrlichkeit." Er löste seinen Arm von ihren Schultern, fasste sie an die Hand, ging schneller als zuvor und begann: „War es heute Abend schwer für dich mit Eva?" Als Susanne mit ihrer Antwort zögerte, gestand er ihr seine eigene Unsicherheit angesichts des Abends. Auch Susanne gab ihre anfängliche Furcht zu, die sich jetzt im Nachhinein als Begeisterung über die Begegnung darstellte.

Dieses Treffen treibt Veränderung voran, überlegte Susanne. Eva war ihr sympathisch, sie konnte nicht gegen sie agieren. Im Gegenteil, eigentlich wollte sie gern wieder mit ihr zusammenkommen.

Sie fragte Martin, wie sie sich kennengelernt hatten. Er schilderte detailliert, dass er den Auftrag erhalten hatte, sich mit Evas Studie und ihrer Arbeit auseinanderzusetzen, wobei zu allererst ein Interview erforderlich war. Bei der Terminabstimmung ging Eva ihn schroff an und bat um absolute Pünktlichkeit, die er und ein Fotograf an dem vereinbarten Freitagmittag durch andere Umstände mit einer Verspätung von ungefähr zwanzig Minuten nicht einhielten. Eva hatte sich aufgeregt und das Interview abgelehnt, sodass Martin mit seinem Kollegen unverrichteter Dinge ging. In der Redaktion riet ihm sein Chef im Interesse der Zeitung zu einem zweiten Anlauf. Der vereinbarte Termin fand ebenfalls in ihrem Büro statt, wo sie zunächst kalt und distanziert, jedoch im Laufe des Interviews freundlicher über ihre Arbeit berichtete. Als die Sprache auf ihr privates Leben kam, stand sie plötzlich auf und meinte, dass man zwar Arbeit und Privatheit nicht trennen könne, aber wenn sie von sich erzählen sollte, wollte sie lieber in die gegenüberliegende Kneipe gehen. Damit war er nicht nur einverstanden, sondern froh gewesen, endlich ihr Büro zu verlassen. Im Lokal hatten sie sich an einen kleinen Tisch gesetzt und erst Kaffee, dann Wein getrunken. Ihre erzählende Art bezog ihn ins Gespräch mit ein und schnell ging es nicht einzig um sie, sondern auch um ihn, um seine Erfahrungen, seine Gedanken zu gesellschaftlichen Inhalten und vielem mehr.

„Auf dem Weg nach Hause befand ich mich im Zwiespalt, ihre Dominanz, die Kälte, die Härte, die Gereiztheit, die mich bei der ersten Begegnung abschreckten, und dann die Freundlichkeit beim Interview wie auch ihre Liebenswürdigkeit in der Kneipe. Ich war verwirrt und ergriffen zugleich", erläuterte Martin sein damaliges Befinden. „So war es. Es war mir klar, dass ich sie wiedersehen wollte, und am nächsten Morgen rief ich Eva an. Es dauerte eine gewisse Zeit, bis wir unserem körperlichen Begehren freien Lauf ließen. Es war uns nicht um Sex gegangen, sondern wir hörten einander, fühlten uns angesprochen und entwickelten in unseren Gesprächen immer wieder neue Gedanken. Es war alles so erfrischend."

„Erfrischend", murmelte Susanne, einen Stich ins Herz deutlich spürend. Traurig rätselte sie, warum ihr Martins folgenschwere Gefühlsbewegung verborgen geblieben war. Womöglich war ihr Blick durch den Alltag getrübt. Erst kurz bevor sie von Eva erfuhr, hatte Martin sich auffallend fröhlich und in Hochstimmung gezeigt. Mit kurzen Unterbrechungen war er heute noch so, einerseits sensibel und einfühlsam, andererseits draufgängerisch und stark, insgesamt lebendiger und attraktiver als früher. Susanne mochte ihn so, wie er jetzt war, und wollte auf keinen Fall, dass er wieder gelangweilten, schlurfenden Ganges den gewohnten Weg an ihrer Seite durchs Leben aufnahm.

Nicht allein Martin, das ganze Leben war lebendiger als zuvor, musste sie sich eingestehen. Gerade der heutige Abend, Eva, das anregende Gespräch, ihre Gedanken, ihre Gefühle, alles ging drunter und drüber. Unbeschreibliches lag in der Luft, wie in einem Rausch. Augenblicklich spürte sie wunderbares, flaues Flattern im Bauch, anschwellende Lippen, Feuchtigkeit in ihren

Augen. Kaum zu glauben, sie spürte es deutlich, war es möglich, in diesem Moment Martin zu begehren? Nachdem beide ihre Jacken im Flur abgelegt hatten, standen sie sich voller Erregung gegenüber, entdeckten im Gegenüber Vertrautes wie Geheimnisvolles. Ein Augenblick, dem sich beide leidenschaftlich hingaben.

Ermattet lagen sie nachher nebeneinander in Martins Bett. Susanne grübelte über Vergangenes und Zukünftiges, während Martin bereits eingeschlafen war.

Der Sex hatte Susanne nicht befriedigt, sie zweifelte an ihrer Empfindung und dachte nach, wie es dazu kommen konnte in diesem Chaos.

Ein Leben voller Überraschungen, schloss sie, nichts ist mehr selbstverständlich. Noch bis vor einigen Wochen gingen sie stets gemeinsam nach Hause, gähnten sich an, beklagten die späte Stunde, verschwanden im Badezimmer, sprangen in ihre Schlafanzüge und schliefen. Auch heute war Martin bei ihr, aber hatte er sich für eine Nacht mit ihr entschieden? Hätte er sich nicht genauso für Eva entscheiden können?

Soll ich darüber glücklich sein? Muss ich mich daran gewöhnen? Was verändert sich für mich, grübelte Susanne. In einer Zeitschrift hatte sie vor einiger Zeit gelesen, dass mehr als die Hälfte aller Ehepaare weniger als einmal im Monat Sex hatten und dann nicht länger als zehn Minuten. Sie rechnete sich aus, dass von insgesamt 43.300 Minuten im Monat lediglich zehn für Sex aufgebracht wurden, das ergab ungefähr 0,013 Prozent der gesamten Zeit für gemeinsame Sinnenfreude. Zeitlich gesehen sozusagen ein Nichts, trotzdem anerkannt als Binde- und Trennungsglied.

Seltsam, sobald zwei Menschen nicht zusammen ins Bett gehen, hingegen gemeinsam arbeiten, Tage, Wochen, Jahre miteinander verbringen, ist es kein Problem, wenn eine weitere Person ins Spiel kommt. Ganz im Gegenteil, es stellt sich als Bereicherung dar. Warum kann man Gleiches nicht für eine Zweierbeziehung in Anspruch nehmen, überlegte Susanne. Aufgewühlt verließ sie Martins warmes Bett, um sich in ihrem auszubreiten, sein Schnarchen nicht ertragen zu müssen, denn es hörte sich in ihren Ohren keineswegs wie Musik an. In ihrem Bett liegend hörte sie ihn noch durch die Wand, bevor sie schließlich auch einschlief.

20

Die Sonne schien Susannes ins Gesicht, worauf sie einige Male blinzelte, sich auf die Seite legte, um dem hellen Strahl zu entkommen. Jedoch nicht nur die Sonne, sondern auch der Gedanke an die gestrige Nacht ließ sie schnell erwachen. Warum empfanden sie nach einem solchen Abend überwältigende Lust füreinander? Martins Wesen entsprach es nicht, mitten in der Nacht Anstrengungen auf sich zu nehmen, selbst wenn es sich um Sex handelte. Wollte er sie belohnen, weil die Verabredung ruhig verlaufen war oder hatte er sich Eva vorgestellt, als er mit ihr ins Bett ging?

Susanne sah erwartungsvoll dem heutigen Tag mit Martin entgegen. Abwarten, wie es wird, beruhigte sie sich, zuerst werde ich eine Stunde joggen, dann duschen, dann frühstücken. Ob Martin schon wach war? Entschlossen verließ sie ihr Bett und versuchte möglichst schnell auf Zehenspitzen die Distanz zu seinem Zimmer zu überwinden. Ein kurzes Anklopfen und schon lag sie bei ihm im Bett. „Warum bist du heute Nacht in dein Zimmer gegangen?", waren seine ersten Worte, als er erwachte.

„Weil du geschnarcht hast. Außerdem mache ich das doch immer", antwortete Susanne und zog die Bettdecke bis unters Kinn.

Er nahm es zur Kenntnis, äußerte sich nicht weiter dazu, sondern genoss sprachlos den Zustand des Dämmerns.

„Ich gehe joggen, dann kannst du in Ruhe wach werden." Sie sprang aus dem Bett und vernahm wie gewohnt keinen Ton von ihm.

Immerhin zeigte sich der Sonntag anders als andere Tage. Unterwegs begegneten ihr neben Läufern viele Sonntagsspaziergänger. Nach ungefähr drei Kilometern Strecke kehrte Susanne um und kaufte auf dem Rückweg Brötchen und die Sonntagszeitung. Ihre getrennten Verantwortungsbereiche – sie kümmerte sich um Haushalt und Versorgung, Martin verdiente größtenteils das Geld für den Lebensunterhalt – übertrugen sich als stillschweigende Ordnung auf das Wochenende, so dass Susanne für Brötchen, Zeitung und letztendlich für ein perfektes Frühstück sorgte. Martin betrat gewöhnlich die Küche, wenn sie sich an den Tisch setzte, nie früher. Meist kam er im knitterigen Schlafanzug und einem alten Sweater mit Reißverschluss. Der Kragen des Schlafanzuges hatte sich durch nächtliches Schwitzen zusammengerollt und tauchte unter dem Sweater wie ein ungebügeltes Herrenhemd auf. Ungeputzte Zähne, ungewaschen, seine Haare standen kreuz und quer auf dem Kopf. So ein Schlunz, hatte Susanne manchmal gedacht und sich einen Mann vorgestellt, der sportlich frisch mit ihr am Frühstückstisch plauderte. Martin verbat sich jegliche Kritik an seinen Frühstückseigenarten. Sobald er am Tisch saß, goss er seinen Kaffeebecher derartig voll, dass sie jedes Mal dankbar für die Oberflächenspannung war. Den übervollen Becher zum Mund zu führen ähnelte einer akrobatischen Spitzenleistung, daher lehnte er sich sicherheitshalber über seinen Frühstücksteller, um die ersten Schlucke abzuschlürfen. Anschließend bereitete er sich vier halbe Brötchen, aus denen er mit seinen Fingern den hellen, weichen Teig löste, kurz knetete und sich in den Mund stopfte. Nunmehr bestanden alle Hälften zum Großteil aus Kruste, wobei er zwei mit Butter und Stachelbeermarmelade bestrich, eine mit Schinken und die letzte mit Käse belegte. Schließlich verschwand er hinter der Zeitung und grabschte nach und nach in einer seit mehr als fünfzehn Jahren gleichen Abfolge nach seinen Brötchen. Den Beginn bildete Marmelade, dann Schinken, hinterher Käse und abschließend wieder Marmelade. Sollte ein Frühstücksei zur Verfügung stehen, fand dieses seinen Platz auf der Schinkenhälfte. Selbst im Urlaub oder bei Freunden strebte Martin das gewohnte häusliche Frühstück an, Kompromisse nahm er ungern hin.

Je länger Susanne sich mit diesen Gepflogenheiten des alltäglichen Lebens beschäftigte, desto aufgebrachter wurde sie und entschied, ab heute würde das Frühstück anders verlaufen. Es konnte doch nicht sein, dass mit einer Veränderung der Beziehung die sachlichen Alltäglichkeiten nicht veränderten. Zwar kochte sie auch heute Kaffee, deckte den Tisch, nahm sich den Feuilletonteil der Zeitung, aber sagte Martin nicht Bescheid, sondern setzte sich und wartete auf ihn. Wie würde er reagieren, wenn er feststellte, dass sie ihn nicht weckte? Sie hatte ihr Frühstück fast beendet, als er endlich schlurfend in die Küche trat. Das gewohnte Ritual konnte beginnen, nur fragte Martin heute nebenbei: „Warum hast du mich nicht zum Frühstück gerufen?"

„Weil ich es nicht wollte. Alles hat sich verändert, dann soll sich auch das Frühstück verändern", antwortete Susanne gereizt.

„Du spinnst. Es bleibt alles gleich. Es war doch schön gestern Abend und gestern Nacht", schmunzelte er und griff sich einen Teil der Zeitung.

„Für dich vielleicht, für mich nicht. Du lebst wie die Made im Speck und hast es jetzt soweit gebracht, dass dir zwei Frauen zur Verfügung stehen. Wenn du gestern Abend zu Eva gegangen wärst, hätte ich hier allein gesessen. Vielleicht meinst du auch noch, dass du mir einen Gefallen getan hast, mit mir zu schlafen", warf sie ihm bissig entgegen.

„Vergiss nicht, dass du mich letzte Nacht mehr als herausgefordert hast. Sollte ich dich abweisen? Bisher bin ich gern mit dir ins Bett gegangen. Warum letzte Nacht nicht? Was war denn nicht gut daran? Es hat dir doch gefallen", sagte er und bereitete seelenruhig seine Brötchen.

„Sollte es eine Belohnung für mich sein, oder war es der Rotwein? Oh, welcher Teufel hat mich geritten, dass ich mit dir ins Bett gegangen bin? Warum wolltest du überhaupt mit mir ins Bett?", wurde Susanne lauter und erstickte fast an ihren Tränen. „Ich kenne dich, normalerweise bist du viel zu bequem, um dich nachts zu bewegen. Du bist zu allem zu bequem!" schrie sie Martin an. Er ließ sich nicht aus der Ruhe bringen, was Susannes Groll extrem steigerte. „Für dich ist alles in bester Ordnung. Man sieht es ja, du bist heute genauso wie immer. Sag, wenn du bei Eva morgens aufstehst, siehst du dann auch so aus? Redest du mit ihr? Läufst du auch im verschwitzten Schlafanzug herum? Lässt du dir das Frühstück bereiten? In so einen kann man sich doch nicht verlieben. So einen muss man doch schon jahrelang kennen, um es auszuhalten", brüllte sie und schlug mit der flachen Hand auf den Tisch.

Noch ignorierte er ihren Zorn und meinte, dass es doch zumindest am Sonntag mit Ruhe zugehen sollte.

„Ruhe, Ruhe, dir zuliebe soll ich mich beruhigen! Ich will mich aber nicht beruhigen! Du willst ein erfrischendes Leben und ich soll meinen Beitrag leisten, damit es dir gutgeht, aber mit Ruhe." Susanne atmete tief durch und fuhr aufgebracht fort: „Ich will auch ein erfrischendes Leben. Nun frage ich dich, was tust du dafür? Nur ein „Ich liebe dich" reicht nicht aus. Meinst du, ich sehe mit an, wie du von einer Blüte zur anderen fliegst? Nicht mit mir. Ich werde mich nicht in deine Abhängigkeit begeben. Lieber bleibe ich allein, als bei dir Süßholz zu raspeln. Auf so einen Schluffen, wie du es bist, kann ich verzichten." Susanne stand auf, verließ die Küche, knallte dabei kräftig die Tür zu und verschwand in ihrem Zimmer.

Gern hätte sie mit Martin über die Zukunft gesprochen, aber für ihn schien mit der Verabredung alles erledigt. Anscheinend war ihm gar nicht bewusst, dass ab jetzt das Leben nur noch zu dritt gelebt werden konnte. Einen Weg zurück in die alten Strukturen gab es nicht. Wie kann man diese Konstellation nennen, fragte sich Susanne. War es eine Gemeinschaft mit unterschiedlichen Geschlechtspartnern? Unterschiedliche Geschlechtspartner hatte nur Martin und wenn sie recht überlegte, auch Eva mit ihrem Freund in Bologna. Nur sie blieb bei einem Partner, der sich hin und wieder um sie kümmerte. „Das will ich nicht", schoss es aus Susanne heraus und sie ging zurück in die Küche.

Bissig fragte sie Martin, ob er heute zu Eva ging. Mit den Schultern zuckend, las er weiter in der Zeitung. Susanne platzte aufs Neue: „Tu nicht so gleichgültig! Ich will wissen, was heute wird. Soll ich hier den ganzen Tag herumsitzen und abwarten, wann und ob du gehst? Los, sag es mir, irgendwann musst du es mir sowieso sagen, wenn du über Nacht bei ihr bleibst. Mach schon, ich will auch planen und wissen, ob ich es ertrage. Werde endlich konkret."

„Das kannst du haben, dann musst du nicht mehr warten und weißt schon in den nächsten vierundzwanzig Stunden, wie es sich anfühlt. Susanne, du spinnst, du bist hysterisch. Ich habe dich nicht gezwungen, Eva kennenzulernen. Du wolltest es und jetzt machst du Terror. Ich werde duschen, dann gehen, damit du in Ruhe fühlen kannst." Er stand genervt auf und verließ die Küche.

„Wenn du jetzt gehst, dann brauchst du nicht zurückkommen", schrie sie ihm wütend nach. Diese Entwicklung hatte sie sich nicht vorgestellt. Jetzt konnte sie es nicht mehr rückgängig machen. Sollte er gehen, so hatte sie wenigstens ihre Ruhe. Bevor Martin ging, klopfte er an ihre Tür: „Du kannst mich zu jeder Zeit anrufen, ich habe mein Handy dabei. Tschüss."

Susanne ignorierte ihn.

21

Martin kam nachts nicht nach Hause, was bei Susanne grauenhafte Gewissensqualen hervorrief. Wenn ich mich nicht so angestellt hätte, wäre er vielleicht gar nicht gegangen, dachte sie. Eigentlich habe ich ihn aus der Wohnung getrieben. Er hatte keine andere Möglichkeit, als zu gehen. Kurze Zeit später setzte sie sich mit einer Entschuldigung darüber hinweg. Ich kann nicht alles mit ruhigen Worten klären, ich muss auch meine Emotionen zeigen. Dafür bin ich Mensch und keine Maschine.

Vor Selbstmitleid und Ratlosigkeit reichlich in sich hineingeweint, telefonierte sie am Sonntagabend mit ihrer Schwester und berichtete von den Vorkommnissen. Neben Trost spornte Esther sie an, endlich die Opferhaltung zu überwinden, indem sie Martins konsequentes Verhalten als Aufforderung begriff, ihr Leben eigenverantwortlich anzupacken.

Es schien so leicht, doch Susanne schwankte in ihrer Haltung hin und her. Einerseits warf sie Martin vor, ihr das vertraute Nest zu nehmen, andererseits genoss sie die lebendige Auseinandersetzung in Hinblick auf ein besseres Leben, vielleicht eines, wie Eva es idealisierte mit vielfältigen Inhalten und verschiedenen Menschen. Eva will Menschen unabhängig vom Geschlecht kennenlernen, überlegte Susanne und war sich sicher, ihr willkommen zu sein.

Trotz der Turbulenzen mit Martin oder wegen der Turbulenzen fühlte Susanne Lebenshunger. Möglicherweise lernte auch sie einen Mann kennen, der mehr war als ein gewöhnlicher Bekannter. Dabei dachte sie an den sympathischen Sitznachbarn aus dem Kino in Bielefeld. Sie wollte auch etwas erleben und sich nicht ausschließlich auf Martin beziehen. Susanne hatte die Nase voll, sollte er nur so weitermachen, sie würde um kein Gespräch mehr bitten.

Am Montag schminkte sie sich sorgfältig, damit die Spuren der zurückliegenden vierundzwanzig Stunden nicht auffielen. Aus demselben Grund trug sie zur engen Jeans eine hellblaue Bluse, die ihr einen blühenden Teint verlieh.

Beim Öffnen der Ladentür vernahm sie erfreut den vertrauten Geruch frischen Leders. Hier konnte sie endlich abschalten von den Problemen mit Martin. Ihre Augen wanderten über all die einzelnen Modelle, die ihr Mut zu machen schienen. Keine Angst, Susanne, du schaffst es. Wir sind uns sicher. Innerlich schmunzelte sie: Wenn sie wüssten, wie gern ich sie habe.

Heute arbeitete sie den ganzen Tag, denn Chefin fuhr zur Messe, um für die nächste Saison zu ordern. Nachdem draußen alles gereinigt war, begann sie in Ruhe ihre Arbeit im Innenraum.

„Halloooo, ich will dich nicht kontrollieren, aber ich habe die Reklamationen für die Messe vergessen", durchquerte Chefin in gewohnter Lautstärke den Laden und ging ins Lager. Obwohl sie immer auffällige, junge Kleidung trug, dazu affektiert gestikulierte, erreichte sie heute die Spitze des Eisbergs. Nervös, mit den Armen rudernd, lief Chefin in ihrer neuen, engen, auf Hüftansatz geschnittenen Jeanshose, ohne Frage das teuerste Modell auf dem Markt, hin und her. Dazu trug sie ihren kurzen Lederblazer, der maximal bis zum Bauchnabel ging. Ihre gewellten Haare hatte sie so voluminös geföhnt, dass selbst Gina Lollobrigida erblasst wäre. Das stark geschminkte Gesicht erinnerte an ein Gothic Girl, so schwarz umrandet waren die Augen. Heute soll es wohl was werden, dachte Susanne, sicherlich nimmt sie an, dass die Italiener auf sie gewartet haben.

„Wie findest du meine neue Hose?" fragte Chefin und stellte sich mit gestrecktem Körper seitlich vor den an der Wand gelehnten Spiegel, um sich zu betrachten. „Eine Nummer kleiner wäre passender, aber es gab sie nicht mehr. Ich hatte sie mir in den Kopf gesetzt, denn Messe heißt Garderobe." Bei diesen Worten nickte sie fortwährend, als würde sie sich selbst bestätigen. Sie hatte kein wirkliches Interesse an Susannes Meinung.

„Pass auf, dass die Italiener dich nicht anspringen. Wenn sie dich sehen, sind sie nicht mehr zu halten", neckte Susanne.

„Das fehlte mir noch. So ein kleiner Vertreterscheißer aus Italien. Signora hier, Signora da, Parmaschinken, Wein, und letzten Endes wollen sie nur Schuhe verkaufen – buone scarpe. Ich kenne diese Typen, die legen mich nicht rein", entgegnete Chefin, ihre Sachen zusammenraffend. Beim Hinausgehen verlor sie fast ihren ganzen Kram. Eine schreckliche Angewohnheit, nie packte sie eine Tasche, sondern stülpte alles durcheinander in mehrere Tüten und zog von dannen wie ein Wohnungsloser.

Susanne konnte sich gut vorstellen, wie sich Chefin auf der Messe anpries. Alles würde sie geben, um von irgendeinem Enrico, einem Schwarzgelockten, ein Kompliment zu erheischen. Mir wäre es peinlich, mit ihr bei offiziellen Veranstaltungen aufzutreten, dachte Susanne und putzte weiter. Schon von Weitem sah sie die junge, dunkelhaarige, große Frau, die drei- bis viermal im Jahr während eines Besuches bei ihrer Freundin hier ihre Schuhe kaufte. Anfänglich kam sie allein, später in Begleitung ihres Freundes, der sich gar nicht für Damenschuhe interessierte und nach einigen Minuten in ein Lokal ging, um dort auf sie zu warten. Das letzte Mal dauerte es ihm anscheinend zu lange, denn nach ungefähr einer halben Stunde kam er zurück ins Geschäft und appellierte an ihren Verstand. Ihm war schleierhaft, wie man freiwillig etliche Paare Schuhe probierte und dafür mehr als eine Viertelstunde Lebenszeit opferte. Die charmante Erklärung seiner

Freundin angesichts des Besonderen bei Damenschuhen schlug fehl. Leider fehlte ihm das nötige Feingefühl und er hielt seine Freundin für anormal. Trotz der Beleidigung bewahrte sie Contenance, entschuldigte sich bei Susanne, bedankte sich für die Mühe und begleitete ihn hinaus. Damals staunte Susanne, wie ein dermaßen ruppiger Mann mit einer so ruhigen, netten Frau zusammen sein konnte.

Nun kam sie allein zielstrebig zum Geschäft, öffnete die Tür und wünschte einen guten Morgen, den Susanne freundlich erwiderte. „Erschrecken Sie nicht, wie ich aussehe, ich bin gerade erst angekommen", entschuldigte sie sich und ging auf die Auslagen zu. „Heute Nacht bin ich allein mit dem Auto durch halb Deutschland gefahren. Jetzt bin ich so aufgekratzt und dachte, dass ich zuerst bei Ihnen nach Schuhen sehe, um den verunglückten Kauf bei meinem letzten Besuch zu vergessen."

„Nachts allein zu fahren ist bestimmt anstrengend", sagte Susanne halb fragend, halb bestätigend in besonders ruhigem Tonfall, denn die Kundin strahlte durch ihre zurückhaltende Art eine gewisse Milde und Sanftheit aus.

„Das sage ich Ihnen, aber von meinem Freund habe ich mich getrennt. Ein Mann nur zum Autofahren bereichert mein Leben nicht. Für mich bestünde das höchste Glück in einem Mann mit einer Leidenschaft für Schuhe, am besten sollte er danach süchtig sein", erwiderte die Kundin schmunzelnd.

Anschließend wollte sie gern Schuhe für jeden Tag probieren. Susanne holte eine Auswahl aus dem Lager in der entsprechenden Größe. Schnell entschied sich die Kundin für schlichte Schnürschuhe in schwarz, ein Klassiker aus hochwertigem Kalbsleder mit Innenlederabfütterung, feiner Ledersohle, wenig Absatz und edler Schnürung auf dem Spann. „Sehr schöne Schuhe, sie sitzen wunderbar. Stellen Sie sie bitte zur Seite. Das Modell kann ich zu meinen Hosenanzügen ins Büro tragen. So eine klare Form. Unübertrefflich, dermaßen filigran gearbeitet. Der maskuline Bezug mag mir mehr Respekt bei den Männern verschaffen."

Susanne erinnerte sich, dass die Kundin im Management einer großen süddeutschen Firma beschäftigt war, obwohl sie nicht älter als fünfunddreißig Jahre alt zu sein schien. Ihre weichen Gesichtszüge, die dunklen Augen, die leise Stimme und ihre sachte Art verrieten keine Verbindung zu knallharten Wirtschafts-leuten. Nachdem sie sich einen weiteren Schuh für die Freizeit ausgesucht hatte, verließ sie überglücklich das Geschäft. Konsequent, diese Frau, überlegte Susanne, ich hätte mich auch nicht in der frechen Art behandeln lassen. Ob die Kundin alles versucht hatte, um die Beziehung zu erhalten? Wahrscheinlich war bei dem aggressiven Mann nichts mehr zu retten.

Schrilles Telefonklingeln unterbrach ihr Nachdenken.

„Hallo, hier ist Martin. Warum hast du dich gestern nicht mehr gemeldet? Ich habe mir Sorgen gemacht", fiel er mit der Tür ins Haus.

„Warum rufst du hier an? Fast fünf Jahre hast du hier nicht angerufen. Ich war zu Hause, du hättest dich melden können", entgegnete Susanne mit zitternder Stimme. Nach einem kurzen Wortwechsel wollte er wissen, ob sie am Abend zu Hause sein würde. Susanne bejahte knapp, beendete das Gespräch unter dem Vorwand, jetzt Kunden bedienen zu müssen. Seine Selbstverständlichkeit brachte sie zur Weißglut. Ob er wirklich geglaubt hatte, dass sie hinter ihm nachweinte? Er war gegangen, er hätte sich melden können. Gestern Abend war es ihm offensichtlich nicht so wichtig gewesen. Hauptsache, seine Bedürfnisse sind befriedigt, ärgerte sich Susanne.

Augenblicklich betraten zwei Männer sowie eine Frau mittleren Alters das Geschäft. Anfangs verunsichert, erinnerte Susanne sich an die Frau, die vor einigen Tagen allein im Geschäft einen Blick auf die Schuhe geworfen hatte. „Wie kann ich Ihnen helfen?", fragte Susanne.

Keine Reaktion bei den finster dreinschauenden, großen Männern in weißen T-Shirts und schwarzen Lederjacken. Nur die blonde Frau raunte unverständlich gestikulierend: „Brosch, brosch", wobei aus ihrer schwarzgoldenen Lederjacke ein gestrickter Katzenkopf mit Glasaugen in Türkis hervorlugte. Anordnungen der Männer folgend, kam sie auf ihren hohen Metallicpumps auf Susanne zu, während sie das Zeichen eines auf Papier schreibenden Stiftes mit ihren beiden Händen andeutete. Rasch reagierte Susanne, reichte einen Stift und einen Zettel, worüber die Dame verhalten ihre Freude zum Ausdruck brachte und Goldzähne zum Vorschein kamen. Offenbar von den Männern diktiert, winkte sie Susanne mit flinker Handbewegung heran, nahm ein zugewiesenes Modell und schrieb 38, 39, 40 auf. Dann nahm sie einen weiteren Schuh vom Regal und schrieb 37, 38 auf. Susanne verstand sofort, was sie wollte, und holte die fünf Paar Schuhe aus dem Lager. Als sie zurückkam, zeigte die Frau auf andere Modelle, die sie zusätzlich holen sollte. Mittlerweile waren insgesamt zwölf Paar Winterschuhe zusammengekommen. Vor Aufregung stand Susanne der Schweiß auf der Stirn. Selten kaufte ein Kunde so viele Schuhe auf einmal. Fragwürdig war nur der Rabatt, den sie sicherlich erhandeln wollten. Also musste Susanne niedrig beginnen. Offensiv lächelte sie die drei an und sagte, dass sie bei derart vielen Schuhen selbst-verständlich Rabatt gewährte. Die Männer ignorierten ihr Gestammel, die Frau nickte ängstlich in einem fort, als hätte sie alles verstanden. Susanne schrieb die Preise einzeln auf einen Block, verpackte die Schuhe in vier riesengroße Tüten und schrieb die errechnete Summe von 2.138,80 Euro auf, schaute verlegen hoch, strich demonstrativ mit einem dicken Stift die Summe durch und reduzierte auf 2.100 Euro. Als der ältere Mann die Summe sah, nickte er, ohne seine Miene zu verändern, holte ein Bündel Geldscheine aus der vorderen Hosentasche und zählte ab, einundzwanzig Scheine Hunderter und einen Fünfziger. Susanne schüttelte verneinend den Kopf und reichte ihm fünfzig Euro zurück, aber er lehnte streng ab, zeigte auf sie und sagte: „Okay – gud – du – Frau."

Kurzerhand packten die Männer die Tüten, die Frau wies ängstlich auf Susannes Hand und signalisierte, dass sie schweigen sollte, ließ ein letztes, „brosch, brosch", verlauten und folgte den beiden eilig.

Diese Männer duldeten vermutlich keinen weiblichen Widerspruch, weder bei der Wahl von

Damenschuhen noch bei Geschenken. „Okay – gut – du – Frau" und fünfzig Euro schienen ein großes Kompliment zu sein in ihrer deutlichen Geschlechterhierarchie, ansonsten hätte die Frau die resolute Entscheidung des Mannes nicht so unmissverständlich untermauert. Susanne staunte, wie sich in dieser Frau zum unterwürfigen Verhalten das gebieterische gesellte, als sie im Laufschritt hektisch zischend und gestikulierend an sie die Befehle weitergab. Höchstwahrscheinlich erhielt sie von den Männern ein Lob für ihr umsichtiges Verhalten.

Beim Kaffeekochen dachte Susanne an die umgekehrte Konstellation und fragte sich, ob Martin auch Erfüllung darin fand, zwei Frauen glücklich machen zu dürfen. Sie sah eher, dass zwei Frauen, nämlich Eva und sie, sich bemühten, Martins Bedürfnissen gerecht zu werden. Die anschließende simple Aufrechnung, dass jede beteiligte Frau nur eine halbe Portion Zuneigung von dem einzigen Mann bekam, der dagegen zwei volle Portionen von den Frauen erhielt, verwarf sie schnell, denn ihr wurde klar, dass Zuneigung nicht auf eine rechnerische Größe reduzierbar war.

Eine Kundin kam mit einigen Taschen von unterschiedlichen Bekleidungshäusern, um Absatzschuhe zum Tanzen zu kaufen. Susanne nahm ihren Wunsch auf und betrachtete die neue Garderobe der Kundin, um ihr passende Schuhe anbieten zu können. „Sie mögen wohl denken, dass ich im Lotto gewonnen habe", lachte die Kundin kurz auf, „mit so vielen Tüten voller Klamotten." Wie sie breitbeinig vor Susanne stand und ihre Arme nach vorn fielen und mit beiden Händen

den kurzen Riemen einer kleinen Handtasche fest umfasste, erweckte die Kundin einen hilflosen Eindruck. „Ich möchte schöne Sachen anziehen, ich möchte mich auch schön machen. Immer stehe ich draußen im Dreck und komme selten in die Stadt, aber wenn ich schon hier bin, dann erledige ich alles auf einmal. Wie sie wissen, betreiben wir eine große Baumschule und Landschafts- gärtnerei, wo jede Hand gefragt ist. Ich bin mittendrin, dazu die große Familie, und alle wollen etwas von einem. Das kennen Sie gewiss auch", sagte sie und registrierte mit ihren dunklen, blitzenden Augen alles im Geschäft. Der Friseur hatte ihren Pony aus dem Gesicht geföhnt, sodass die hohe Stirn, die breiten Wangen- knochen und der hohe Haaransatz ihren kleinen, zierlichen Körper unverhältnismäßig dominierten. Ar- beit unter freiem Himmel hatte ihre Wangen natürlich rot gefärbt, was selbst Puder nicht abzudecken vermochte. Ihre kleinen Hände sowie die Fingernägel zeigten Spuren von harter Gartenarbeit. Demzufolge gab sie sich sehr viel Mühe, gepflegt und nicht derb aus- zusehen.

„Manchmal fragt man sich, ob es der Sinn des Lebens sein kann, am Abend, von der Arbeit verausgabt, nur noch schlafen zu wollen", bestätigte Susanne die Kundin.

„Genau. Das darf man nicht. Man muss sich Zeit nehmen. Jahre ist es mir so ergangen bis ich mit eigenen Augen zusehen musste, wie mein Mann sich von anderen Frauen angezogen fühlte. Dauernd sah ich wie eine alte abgerackerte Magd aus, habe im Wald, im Gar- ten, zu Hause alle Arbeit gemacht und schlief abends bereits im Stehen ein. Auf einem Schützenfest merkte ich, dass meinem Mann eine gutangezogene, gepflegte Frau in meinem Alter sehr gefiel. Er lief regelrecht hinter dem Rock her. Halt, jetzt reicht es, sagte ich mir. Von dem Tag an, gehe ich alle zwei Wochen zum Friseur, alle vier Wochen zur Kosmetikerin, kaufe mir schöne Sachen, die ich auch abends zu Hause anziehe, und setze keinen Fuß mehr in den Wald. Das war mir eine Lehre. Ich will mir wohl den Mann wegnehmen lassen, weil ich abgearbeitet bin, und andere lachen sich ins Fäustchen. Weiterhin bestand ich darauf, einmal in der Woche auszugehen, vierzehn Tage im Jahr Urlaub zu machen und jetzt klappt unsere Ehe. Männer wollen etwas haben von ihrer Frau. Die Leute können denken, was sie wollen, auch wenn sie meinen, dass ich immer geputzt aussehe, was geht es andere Leute an, so habe ich jedenfalls meine Ehe gerettet", berichtete die Frau und warf ihre dunklen, leicht welligen Haare nach hinten. Es war nicht zu übersehen, dass es anstrengend für sie war, ihre Ehe zu retten.

Beim Heraussuchen der Schuhe sinnierte Susanne über den Satz, dass der Mann von seiner Frau etwas haben wollte. Martin wollte von ihr auch etwas haben, nämlich Zeit und Verständnis für eine andere Frau. Ob es gleichfalls ihre Ehe rettete, wenn sie ihm in dieser Hinsicht entsprach?

„Diese Schuhe passen gut an meinen Fuß, sie sind jetzt schon richtig bequem. Einlaufen kann ich sie nicht mehr. Heute Abend ist eine Feier vom Schützenverein, dann wollte ich die neuen Sachen anziehen, auch die neuen Schuhe. Mögen die anderen Frauen denken, dass

ich überkandidelt angezogen bin, aber mir ist es egal",
meinte die Kundin kopfschüttelnd und entschied sich für
einen modischen Pumps mit ungefähr fünf Zentimeter
Absatz in dunkelrotem Glattleder. Auf dem Spann trafen
sich zwei schlangenartige Schlaufen, die durch ein
breites Satinbändchen zusammengebunden wurden.
Der Schuh sah neckisch an ihr aus.

„Wie gut ich darin gehen kann, sonst würde mein
Mann noch sagen, dass ich die alten Galoschen anziehen
soll, und das will ich nicht", fügte sie beim Bezahlen
freudig hinzu. Susanne bedankte sich für ihr Vertrauen
und wünschte ihr viel Freude am Abend. Noch während
sie die Schuhe zur Seite räumte, gingen ihr die verschiedenen Unstimmigkeiten unter Ehepartnern durch den
Kopf.

Eine große, schwarzhaarige Dame betrat in sehr
hohen Pumps das Geschäft. „Guten Tag, ich wollte mir
nur Ihr Angebot an hohen Schuhen ansehen." Die
schwarz glänzende, enge Latexhose und die kurze
Felljacke machten ihre wohlgeformte Figur zu einem
Hingucker.

Chefin wäre vor Neid erblasst, wenn sie diesen
runden Po gesehen hätte, dachte Susanne und war sich
sicher, dass sie dafür andere Makel ans Tageslicht
gebracht hätte. „Wir haben einige Modelle mit hohen
Absätzen, wie Sie sehen", wies Susanne auf die Regale.

„Das ist wahr, aber ich trage bis zu zwölf Zentimeter
und daher erscheinen mir neun wie Hausschuhe." Dabei
nahm sie einen hohen Schuh aus dem Regal und sah ihn
prüfend an: „Ich glaube, dass meinem Mann diese

Absätze sowieso zu niedrig sind, obwohl ich die Form schön finde."

Sie schaute noch weiter, verabschiedete sich und stakste mit großen Schritten auf ihren langen Beinen von dannen. Vor einiger Zeit hatte Susanne die Dame bei einer Veranstaltung mit mindestens zwölf Zentimeter hohen Absätzen gesehen. Sie schien umzukippen, wenn sie sich nicht an ihrem Partner festhalten konnte. Was hat in diesem Fall der Mann von seiner Frau? Er wird gebraucht, ansonsten würde sie hinfallen, dachte Susanne für sich.

Zwischendurch betraten immer wieder Damen das Schuhgeschäft, um sich neue Modelle anzusehen, sich nach Größen und Farben zu erkundigen, ohne bedient werden zu wollen. In solchen Momenten suchte Susanne sich Arbeit, auch wenn sie zum fünfzigsten Mal ein Regal aufräumte, um ein Bild äußerster Geschäftigkeit zu bieten. „Niemals herumstehen", lautete Chefins Devise, „immer so tun, als ob man viel Arbeit hat, denn ein Kunde bekommt Angst vor einer wartenden Verkäuferin." Kurz vor Geschäftsschluss räumte Susanne auf, saugte den Fußboden, platzierte die Schuhe ordentlich, überprüfte das Schaufenster und dekorierte den Eingangsbereich. Beim Verlassen der Geschäftsräume sollte alles aufgeräumt und sauber sein, bekanntlich fiel sichtbare Unordnung auf die Produkte zurück. Hochwertige Schuhe hatten sich in ordentlicher und erstklassiger Umgebung zu befinden. Erst als sie das Geschäft abschloss, dachte sie an den bevorstehenden Abend mit Martin. Mit bedächtigen Schritten holte sie ihr Fahrrad.

22

Als Susanne zu Hause ankam, war Martin bereits da, in der ganzen Wohnung brannte Licht. Was ist denn jetzt los? Festbeleuchtung, dachte Susanne. Ihr lautes „Hallo" beim Eintreten lockte sonderbarerweise Martin sofort in den Flur.

„Warum kommst du erst jetzt?" fragte er mit milder Stimme und half Susanne aus ihrer Jacke. Auf dem Weg in die Küche erwähnte sie beiläufig Chefins Messebesuch.

„Susanne, hör endlich auf, so cool zu tun. Sag mir, was ist los mit dir? Seitdem wir uns mit Eva getroffen und miteinander geschlafen haben, bist du ganz anders", bat Martin ungeduldig.

Selbstbewusst sprach sie ihm die tatsächliche Einschätzung ihres Verhaltens ab. Martin ließ sich davon nicht beeindrucken, sondern forderte nachdrücklich eine Erklärung. Sie reagierte aufgebracht mit wiederholten Vorhaltungen in ähnlicher Weise vorheriger Auseinandersetzungen. Keifend warf sie ihm vor, ihre Gedanken und Unsicherheiten zu übersehen und sich geschickt aus der Situation zu winden, während sie seinem Bedürfnis gerecht werden wollte. „Ganz einfach die Frage: Wie soll es mit den Nächten laufen? Bitte, eine Antwort von dir!" Sie blickte ihn abschätzig an. „Wer am besten buhlt, bei dem bleibst du die Nacht? Sollen Eva und ich wetteifern? Sagtest du nicht, Konkurrenz zerstört die Menschen? Aber wenn du in Ruhe leben willst, können wir beiden Frauen konkurrieren und daran kaputtgehen. Immer nur du, du, du, in eine derartige

Situation werde ich mich nicht hineinbegeben, dass du Bescheid weißt", zischte sie und machte Anstalten, die Küche zu verlassen. Martin hielt sie zurück. Ihre Bedenken teilte er nicht, da er mit Eva nur hin und wieder zusammen sein wollte. „Unglaublich, jetzt willst du Eva auf eine Affäre reduzieren? Wenn du mit zwei Frauen zusammen sein willst, dann kümmere dich gefälligst auch um zwei. Jede von uns soll alles geben, und du verteilst nach deiner Bequemlichkeit. Das könnte dir so gefallen", lachte sie hämisch und musste sich zurückhalten, um ihm nicht an die Stirn zu ticken.

Martin fühlte sich missverstanden und sah in der emotional aufgeladenen Keiferei kein Weiterkommen. Eine unbestimmte Zeit lang verlief ihre Auseinandersetzung in dieser Weise. Vorwurf, Gegenvorwurf, Frage, Gegenfrage, alles in einer unangenehmen, lauten Tonlage, begleitet von Gebärden, die nicht nach Wiederholung verlangten. Ein Feuerwerk von Gedanken und Gefühlen, von Beschimpfungen und Liebesbekundungen.

Sobald Susanne sich einigermaßen im Griff hatte, nahm sie die Ausgangsfrage wieder auf: „Du willst also wissen, was mit mir ist. Nun, wenn du Offenheit verlangst, dann hör mir wenigstens zu, was ich dir zu sagen habe. Für mich ist nämlich klar, dass die gegenwärtige Situation Ausgangspunkt für eine Zukunft sein muss, wir können nicht zurück. Auch wenn du dich jetzt von Eva trennst, sind wir nicht mehr dasselbe Paar wie früher, es ist viel geschehen, über kurz oder lang würden wir auseinandergehen. Ich denke, wenn wir zusammen leben wollen, dann geht es nur, so absurd es auch klingt, zu dritt. Mir ist gar nicht klar, ob sich so etwas leben lässt."

Martin hatte sich auf einen Stuhl gesetzt und starrte ins Leere, als Susanne von Neuem begann: „Deine Vorstellung, Eva hin und wieder zu besuchen, hilft mir nicht weiter. Ich will Klarheit, Sicherheit und kein Hin und Her. Vor allen Dingen will ich alles wissen. Ich will Transparenz. Wenn es nicht geht, trenne ich mich und gehe zurück nach Bielefeld."

Nun sah Martin sie skeptisch an: „Was du nicht alles willst, gekrönt mit einer Drohung. Du irrst dich gewaltig, wenn du meinst, den Richter spielen zu können. Wir alle müssen etwas dafür tun. Es gibt kein Rezept, es gibt auch keine Wahrheit, wonach wir leben können, erst das Leben wird es mit sich bringen, wie es weitergeht."

Diese Aussage verblüffte Susanne. „Aha, du gehst mittlerweile also auch von einem Weiterleben zu dritt aus. Dann sind wir uns ja einig. Wir können froh sein, endlich hat die Langeweile, dass sich wiederholende Leben von Montag bis Sonntag ein Ende. Wenn wir ehrlich sind, brachten selbst unsere Urlaube kaum Abwechslung, abgesehen von der Umgebung."

Beide hatten sich im Laufe der Jahre an ein Leben ohne bewegende Neuerungen gewöhnt. Erst jetzt war nichts mehr so, wie es war. Nicht mehr zwei Menschen, ein Paar gegen den Rest der Welt, sondern drei Menschen mit dem Rest der Welt.

Provozierend sagte Susanne: „Wir wären drei in einer Beziehung, die sich für jeden Einzelnen anders äußern wird. Ich gehe meinen beiden Tätigkeiten weiterhin nach, Eva wird auch ihre Arbeit machen und du sicherlich auch. Am Abend und an Wochenenden können wir zusammen sein oder auch allein, im Grunde genommen ist es eine offene Gemeinschaft mit der Sicherheit der sexuellen Befriedigung, würde ich so sagen."

Aufgezehrt angesichts Susannes sarkastischer Zukunftsvision entgegnete Martin: „Mir ist es egal, wie es sich nennt, ich möchte mit dir und ich möchte mit Eva zusammen sein."

„Na ja, für eine Wohngemeinschaft müssten wir zusammenziehen", fuhr Susanne unbeirrt fort, „für dich doch ein absoluter Vorteil, du bräuchtest nicht mehr außer Haus, sondern könntest einen Tag mit Eva, den anderen Tag mit mir zusammen sein. Hoffentlich wird es dir nicht zu viel, ansonsten müssten wir uns einen weiteren Mann suchen." Ihre Lippen zum Schmollmund zusammengezogen, sah sie Martin an: „Ach, ich vergaß, Eva fliegt ja ab und zu nach Bologna, in der Zeit könntest du verschnaufen."

Martin stand auf, stellte die Tasse geräuschvoll in die Spüle und hielt seinen Blick kurzzeitig auf Susanne gerichtet. Susanne spürte deutlich, zu weit gegangen zu sein. Im Türrahmen stehend, blickte Martin sie mit besorgtem Gesichtsausdruck an: „Warum willst du mich kränken? Sag jetzt bitte nichts, es wird nur noch schlimmer."

So gingen sie bekümmert auseinander, Susanne, die nun vor Scham am liebsten im Boden versunken wäre, und Martin, weil er an ihren Vorwürfen zu ersticken drohte.

Spät am Abend kam Susanne vom Sport zurück, sie war anschließend mit einigen Leuten in einem Lokal gewesen. Todmüde legte sie sich sofort ins Bett. Sowieso hätte sie nicht mehr mit Martin sprechen können, er war eingeschlafen. Durch den Verlauf des heutigen Gespräches wurde ihr klar, dass Probleme theoretisch, ohne Praxis, nicht gelöst werden konnten, daher hoffte auch sie auf die Zeit, die Fragen und Antworten ans Licht brachte.

23

Mal verging ein Tag wie im Flug, dann wiederum zog er sich ellenlang hin. Beide gingen sich möglichst aus dem Weg, verhielten sich bei einer Begegnung freundlich distanziert zueinander, vermieden das heikle Thema Dreierbeziehung, und keiner wusste so recht über den anderen Bescheid. An diesem Abend hatte Susanne ihren Lesekreis, wo sie in Anlehnung an Goethes Wahlverwandtschaften immer noch über Zweierbeziehungen sprachen. Die Frauen zeigten Verständnis für den Reiz von außen, der die Eintönigkeit des Alltags unterbrach und zudem den längst vermissten sanften Ton der Eroberung säuselte. Eine Frau berichtete, dass sie sich nach ungefähr zehn Jahren Ehe in einen anderen Mann verliebt hatte. Ähnlich einem Teenager hatte sie unmögliche Dinge gemacht.

„Man ist wie blöd, wenn man verliebt ist. Trotzdem ist das Gefühl unerklärlich schön."

Eine andere Frau, lebensbejahend, ungefähr fünfzig Jahre alt, war zweimal geschieden. Ihr erster Ehemann wurde nach einigen Jahren bequem, träge und betrachtete sie wie ein Ding, als angeschafft und selbstverständlich. Nach mehrfachen Appellen trennte sie sich in der Absicht, einen Lebhafteren suchen zu wollen, um ihre Sehnsucht nach Sex und Kribbeln im Bauch befriedigt zu finden. Anfänglich war das Leben mit ihrem zweiten Mann wunderschön, aber im Grunde genommen kehrte nach geraumer Zeit ebenfalls Langeweile und Lethargie ein, Desinteresse, kein Begehren, keine aufregenden Gefühle mehr. Daraus zog sie für sich den Schluss, dass ausschließlich in der ersten Zeit einer Ehe Schmetterlinge und Verlangen beide Partner begleiteten, bevor sich Gleichgültigkeit und Gewohnheit breitmachten. Frauen wie Männer litten darunter, trotzdem schafften sie es nicht, den Verfallszustand aufzuheben. Für sie kam eine Zweierbeziehung in denselben Räumlichkeiten nicht mehr in Frage, daher wohnten sie und ihr jetziger Lebenspartner getrennt, was sich bisher äußerst positiv gestaltete. Sie mussten nicht, sondern sie konnten nach Wunsch zusammen sein. Sobald sie sich sahen, hatten sie sich etwas zu sagen, sodass selbst eine Fernsehsendung spannend werden konnte. Diesen Mann liebte sie, liebte sie jeden Tag aufs Neue.

Beeindruckt von den Erfahrungen der Teilnehmerin, wurden die Frauen nachdenklich, bis jemand die Frage stellte, ob die Vorrednerin keine Angst hatte, dass der Mann sich eine andere Frau suchen könnte. „Nein, man sucht sich nicht aus heiterem Himmel eine andere, man muss offen dafür sein. Wenn es soweit ist, dass wir beide uns nichts mehr zu sagen haben, würde ich auch einen anderen suchen wollen." Es war still im Raum. Hier hatte eine Frau ihr Leben selbst in die Hände genommen, nicht resigniert, sondern aktiv für ihr Glück gekämpft. Sie taktierte nicht mit ihrem Mann, sie nahm ihre große Liebe ernst.

Diese Frau macht Erfahrungen und handelt, ohne ihren Männern Vorwürfe zu machen, dachte Susanne. Obwohl mir bereits vor Wochen klar war, dass ich endlich meine Rolle als Ehefrau, als Opfer ablegen muss, mache ich immer noch allein Martin für unseren desolaten Zustand verantwortlich und erwarte, dass er das Leben irgendwie zu meiner Befriedigung ordnet. Ich lasse ihn büßen, weil er sich verliebt hat. Dabei wäre ich auch gern verliebt. Es reicht mir nicht, von ihm zu hören, dass er mit mir leben möchte. Ich will mehr. Martin wollte vielleicht auch mehr. Dann traf er Eva, die seine Lebensgeister weckte. Ich war von Martin längst erkannt, jeden Tag gleich, an mir gab es nichts mehr zu entdecken. Genauso wenig war in den letzten Jahren etwas an ihm fremd, bis zu dem Zeitpunkt, als er Eva kennenlernte.

Heute hatten die Frauen wieder weit über die vorgesehene Zeit hinaus miteinander geredet, Susanne kam entsprechend spät zu Hause an. Martin war in seinem Zimmer. Er sah erschöpft aus. Sie ging zu ihm und sagte, dass sie schachmatt sei und nun ins Bett ging, wobei sie ihm durch seine Haare fasste und ihre Lippen kurz auf seine legte. Sie lag bereits im Bett, als sie seine Lippen noch auf ihren spürte.

24

Auch heute kam Susanne gerade noch pünktlich ins Geschäft, so sehr sie sich bemühte, immer lief die Zeit davon. Chefin war noch nicht da, kam allerdings unmittelbar nach ihr herein. „Du siehst ja gut aus heute, so entspannt. Warum hast du dich so schick gemacht? Hattest du gestern keine VHS?" fragte sie kurz, ohne auf eine Antwort zu warten. „Ich hatte gestern nur Mist. Bei der Orderkontrolle musste ich zu meinem Leidwesen feststellen, zu wenig flache Sandaletten bestellt zu haben. Vielleicht muss ich in den nächsten Wochen nach Italien. Auf der Messe habe ich mich ausgiebig, rein fachlich natürlich, mit dem Vertreter der Firma Ballina unterhalten, mit dem ich jetzt auch telefoniert habe. Er hat mir Sandaletten zugesichert, jedoch kann er nur vor Ort etwas für mich machen. Ballina feiert fünfzigjähriges Bestehen und ich bin eingeladen. Jetzt überlege ich, ob ich hinfahren soll oder nicht. Ich wäre bestimmt eine Woche unterwegs, würdest du in der Zeit durcharbeiten?"

Susanne gefiel der Gedanke, eine Woche allein zu arbeiten, und bejahte. Die fehlenden Sandaletten waren ein Vorwand, soweit kannte sie Chefin. Ein Mann war im Spiel, und einen möglichen engeren Kontakt ließ sie sich nicht entgehen. Susannes Vorahnung bestätigte sich in der Unterhaltung, in der unentwegt von dem netten Herrn Vilio, der Firma Ballina sowie deren außerordentlich präzise produzierten Sandaletten die Rede war. Es hatte also ein Italiener angebissen. Heute ging Chefin zum Friseur. Diese schlichte Sache, einen Friseurbesuch, stilisierte sie alle vier Wochen zu einem weltbewegenden Ereignis hoch. „Hoffentlich kann mir der Friseur die Haare schneiden, wie ich es möchte. Schau mal, ich habe mir von mindestens zweihundert Frisuren eine ausgesucht, wie findest du sie?" fragte sie Susanne und gab ihr ein Bild. Als Susanne keinen Unterschied zur jetzigen Frisur feststellte, nahm Chefin ihr das Bild ärgerlich aus der Hand und meinte, dass jeder Laie die Abweichung sah. Susanne versuchte die Wogen zu glätten und erkundigte sich nach der Ursache ihres Verdrusses.

„Ach, mir geht es schlecht. In der Zeit, in der ich Schuhe einkaufe, kann ich nachts nicht schlafen, weil ich so viel Geld ausgebe. Beim Einkauf habe ich einen recht sicheren Griff, aber wenn man mit niemandem darüber reden kann, verfällt man ins Grübeln. Mit jedem Vertreterbesuch werde ich nervöser. Manchmal denke ich, warum tue ich mir das an? So ein kleines Geschäft und so viel Arbeit. Immer muss man freundlich sein, immer steht man im Rampenlicht. Jetzt wieder zum Friseur, morgen zur Modenschau und Samstag den ganzen Tag arbeiten. Quatsch", schüttelte sie den Kopf und holte ihren Mantel, „genug geklagt, eigentlich finde ich meine Arbeit richtig gut. Auf geht's zum Friseur."

„Nimm dir Zeit, lass dich verwöhnen, ich kann länger bleiben", empfahl Susanne, weil Chefin ihr in diesem Moment leidtat. Außer ihrem alten Vater hatte sie niemanden, der sie liebte, der ihre Belastungen mit dem Geschäft teilte. So sehr sie sich einen Lebenspartner wünschte, so sehr vergrub sie sich in ihrem Schuhladen. Das Geschäft ersetzen konnte kein Mann, vielleicht als

Ergänzung zum Laden ihr Leben ein bisschen bereichern.

Ohne Mann wollte Susanne nicht leben. Bisher hatte sie sich immer auf Martin berufen, aber was demnächst war, wusste sie nicht. Schöne Zukunftsaussichten, dachte sie und suchte das Telefonbuch, um den am Abend zuvor gefassten Vorsatz in die Tat umzusetzen. Endlich fand sie die Telefonnummer des Kulturamtes. Ich packe es an, es wird schon etwas dabei rauskommen, bestärkte sie sich selbst. Einerseits sah sie dem Kontakt mit Eva zuversichtlich entgegen, andererseits kamen ihr Bedenken, was den Grund anging. Sie hatte einfach das Bedürfnis, mit ihr zu sprechen, weil bei der ersten Begegnung die ganze Tragik wie weggeblasen war. Auch wollte sie die alleinige Verantwortung für die Zukunft von Martin und Eva nicht übernehmen. Eine untragbare Last, die mich einfach nur einsam macht, dachte Susanne, nahm den Hörer und tippte die Telefonnummer der Zentrale, die ihren Anruf weiterleitete. Jetzt gab es kein Zurück, sie hatte bereits ihren Namen genannt, tatsächlich war Eva nach zweimaligem Kleingeln am Apparat.

„Mertens", meldete sie sich mit klarer, sachlicher Stimme, worauf Susanne angespannt ihren Namen nannte und sich entschuldigte, sie bei der Arbeit angerufen zu haben. Eva fühlte sich nicht gestört, im Gegenteil, sie begrüßte Susanne sehr herzlich mit treffenden Worten: „Schön, dass du mich anrufst, ich habe oft an dich gedacht, mich allerdings zurückgehalten, um nicht aufdringlich zu sein."

Gelöst fragte Susanne, ob sie Lust hatte, sich mit ihr zu treffen.

„Ja, gern, sollen wir uns gleich heute treffen? Es könnte gehen", reagierte Eva. „Unsinn, es geht heute. Möchtest du zu mir kommen?"

„Nein, das möchte ich nicht. Ich dachte einfach irgendwo auf einen Tee oder Kaffee, nichts Besonderes", schlug Susanne vor und plädierte für ihr Lieblingslokal.

Susanne entschied, Martin nichts von der Verabredung zu sagen. Der Vormittag ging schnell vorüber. Eine Dame suchte goldene oder silberne Pantoletten für eine Kreuzfahrt rund um die Kanarischen Inseln. Für ihre ungewöhnlich großen Füße holte Susanne aus dem Sommer übrig gebliebene Modelle, aber es waren keine metallisierten in Größe 42 dabei, woraufhin die Kundin zähneknirschend ein sportliches Paar in Braun probierte. „Ich bin 1,82 Meter groß und habe Schuhgröße 42, das ist doch nicht ungewöhnlich, sondern ganz normal. Können Sie mir mal sagen, warum große Menschen in der Mode vernachlässigt werden? Warum sollen wir uns nicht schön anziehen können? Kein Wunder, wenn wir wie Monster aussehen", empörte sich die Kundin.

Susanne entschuldigte sich für die südeuropäischen Hersteller und bedauerte sehr, ihr nichts anderes zeigen zu können. Dabei kaufte Chefin aus Überzeugung keine zierlichen Pantoletten in großen Größen, denn meist waren diese Frauen breiter, schwergewichtiger und hatten starke Füße, die seitlich über den Leisten hinausquollen. Unschön war auch der Blick auf eine ausladende Ferse, die die vorgesehene Fläche überlappte. Susanne stimmte mit ihr überein, dass breite, fleischige

Füße nicht mit offenen Schuhen zu schmücken seien, vielmehr sah es nach vergewaltigter Sandalette aus, sobald sich die schmalen Bändchen ins Fleisch gruben.

Sie zeigte der Dame noch weitere Schuhe, die einen Kompromiss bildeten, aber nicht die Vorstellung der Kundin vom Leben an Deck trafen. In ihrem Kopf hatte sich das Kreuzfahrtschiff als Paradies festgesetzt, und dahin ging man nicht in normaler Kleidung, sondern tat so, als sei das Edelste nicht gut genug. Sichtlich enttäuscht verließ die Kundin das Geschäft. Während sie die Schuhe einräumte, war Susanne sicher, dass eine Kreuzfahrt für sie niemals in Frage kam, die Begrenztheit eines Schiffes hielt sie für unerträglich. Kataloge gau-kelten den Touristen vor, das Leben der Reichen und Superreichen zu führen. Erfahrungsgemäß sprachen die meisten Kreuzfahrenden nach Beendigung der Reise nur von dem einzigartigen Essen an Bord. Sie konnte sich nicht vorstellen, dass sich das Leben des Jetsets auf Essen reduzierte.

Jetzt schoss Susanne der heutige Abend in den Kopf. Brachte Eva für ihre Überlegungen Verständnis auf? Gott sei Dank betrat eine Kundin das Geschäft, die ihrem Grübeln erst einmal ein Ende setzte. Die Kundin steuerte direkt auf Susanne zu, blieb kurz vor ihr stehen, zog aus ihrer Einkaufstasche ein Paar Schuhe und drückte sie Susanne in die Hand, mit dem Kommentar, dass ihre Schuhe unbedingt geputzt werden müssten und sie zwei linke Hände hätte. Susanne dachte nicht richtig verstanden zu haben und entgegnete, nur gereinigte Schuhe könnten eingesprüht werden. „Sie können es gut erklären. Wissen Sie was, ich lasse Ihnen die Schuhe hier, und dann machen Sie mal. Ich bin gespannt, ob das was wird. Sie müssen sich nicht beeilen, ich komme nächste Woche wieder vorbei", wies die Kundin sie ungeniert zurecht und ging, ohne eine Reaktion abzuwarten. Das ist doch wohl die Höhe, ärgerte sich Susanne, jetzt bringen die Kundinnen ihre schmutzigen Schuhe zur kostenlosen Pflege. Sie war gespannt, wie Chefin sich dazu äußerte. Wegen des begonnenen Regens kam Chefin eilig und mit großen Schritten ins Geschäft zurück, schüttelte sich wie ein Hund die Feuchtigkeit von ihrer Kleidung und steuerte den Spiegel mit bereits erhobenen Händen an. Ihre schmalen Lippen zum Schmollmund geformt, stellte sie sich seitlich vor den Spiegel, um sich betrachten zu können.

„Schweinewetter. Na, wie sehe ich aus? Es ist ganz gut geworden", sagte sie nach Luft ringend. „Ich war bei dem neuen Friseur. Unterwegs habe ich eine Bekannte getroffen, die ihn aus persönlichen Gründen ablehnt", schüttelte Chefin anhaltend den Kopf. „Unglaublich. Sie erklärte dem Inhaber, wie sie sich ihre zukünftige Frisur vorstellte. Daraufhin antwortete der aufgeblasene Typ, dass er Friseur sei und kein Schönheitschirurg. Er würde sein Bestes geben, aber könnte keine Wunder vollbringen." Chefin und Susanne mussten lachen, obwohl sie sich eigentlich über eine derartige Respektlosigkeit empörten. „Meine Bekannte hat selbstverständlich sofort das Geschäft wutentbrannt verlassen. Verständlich, das hätte ich auch gemacht", sagte Chefin und schüttelte immer noch ihren Kopf, mittlerweile begleitet durch kurze Zischlaute: „Ts, ts, ts. Früher war der Kunde König und heute muss man dankbar sein, in einem Geschäft geduldet zu werden. Ich glaube, es geht los. Wir wollen weiterhin zum Kunden außerordentlich zuvorkommend und immer stolz darauf sein, wenn er bei uns einkauft. Lass uns bloß nicht arrogant werden."

Susanne schwieg dazu, hätte Chefin jedoch am liebsten an ihr eigenes Verhalten erinnert, was sich in ihrer Empörung über die zu putzenden Schuhe zur Genüge zeigte: „Das ist ja wohl die Höhe. Zu faul, sich ihre Schuhe zu putzen. Ich bringe meinen verdreckten Topf ja auch nicht ins Haushaltsgeschäft zurück und sage: Nun machen Sie mal." Anschließend schilderte Susanne die Vorkommnisse am Vormittag, räumte noch ein bisschen auf und fuhr mit ihrem Fahrrad durch den Regen nach Hause. Eigentlich wollte sie nachmittags joggen, doch das Wetter war schlecht und sie legte sich mit einem Buch aufs Bett legte.

25

Wie würde das Zusammensein mit Eva ohne Martin sein, überlegte Susanne. Um halb sieben hatten sie sich verabredet, daher machte Susanne sich kurz nach sechs Uhr mit dem Fahrrad auf den Weg. Heute hatte sie bewusst gewöhnliche Kleidung gewählt, obwohl sie anfangs geneigt war, einen Pullover in bedeutungsträchtigem Lila anzuziehen. Die Symbolfarbe für die Gleichstellung der Geschlechter hätte gut gepasst, jedoch entschied sie sich für Schwarz in Kombination mit Grau und Rot. Das Schminken erforderte größere

Konzentration, um nicht in Martins Abwesenheit den Eindruck von Nachlässigkeit zu erwecken.

Zu dieser Tageszeit befanden sich im Lokal jede Menge freie Tische, von denen Susanne einen am Fenster wählte. Binnen kurzer Zeit kam ein Kellner und meinte, mehr aussagend als fragend, dass sie sicher noch auf jemanden wartete. Sie hasste diese geläufige Ableitung. Musste man mindestens zwei Personen sein, um auszugehen? Allein aufzutreten erweckte Misstrauen, wo doch alle Menschen ihre Termine ausgebucht hatten.

Susanne sah Eva eilend mit offenem Mantel sowie auffallend schwerer Umhängetasche das Lokal betreten. Bei der Begrüßung prustete sie ein bisschen vor Anstrengung, legte dann ihren Mantel ab, setzte sich und strich sich die Haare aus dem Gesicht. Sie entschuldigte sich für ihr spätes Kommen, aber ihr sei gerade Unglaubliches widerfahren. Dann krempelte sie ihre Ärmel hoch, kramte ein Taschentuch aus ihrer großen Tasche, putzte sich die Nase und sagte: „So, jetzt bin ich hier. Sag, was trinken wir? Ich muss mich erst beruhigen. Du glaubst es nicht." Vertraut berichtete sie, eine am Vorabend im Fenster entdeckte hochwertige Bluse heute zu wollen. Dass man von Verkäuferinnen taxiert wurde, kannte sie. Nur war ihr bisher nicht bekannt, dass man in Sphären hoher Preiskategorien ohne Zögern kaufte. Sie mochte die Bluse sehr, einzig der hohe Preis stand ihrer sofortigen Kaufentscheidung entgegen, was sie gegenüber der Verkäuferin verlauten ließ. Mit langem Gesicht zeigte die Verkäuferin eine günstigere Bluse, die Eva nicht gefiel. Nunmehr probierte sie ein zweites Mal die teure Bluse und war bereits beim Verlassen der

Kabine zum Kauf entschlossen. In dem Moment kam die Verkäuferin auf sie zu und erklärte respektlos: „Auch wenn Sie die Bluse ein drittes Mal probieren, wird sie nicht billiger." Verärgert zog Eva die Bluse aus und verließ wortlos das Geschäft. „Das muss sich kein Mensch bieten lassen", meinte sie. Susanne wusste sofort, um welches Geschäft es sich handelte und beschrieb ähnlich arrogante Frauen aus dem Schuhgeschäft, die zudem noch konservativ und moralisch engstirnig waren. Damit hatte Eva vor Ort bereits eigene Erfahrungen gesammelt: „Ob jung oder alt, hier sind die Menschen wenig aufgeschlossen. Wenn sie wüssten, womit wir beide uns zurzeit beschäftigen, würden sie mich mit Sicherheit noch mehr meiden oder sogar aus der Stadt verbannen, aber sie meiden mich auch so", sagte sie mit einem Schmunzeln und gleichzeitigem Stirnrunzeln. „Man lädt mich zwar zu offiziellen Empfängen ein, ist an meinem privaten Leben hingegen nur so weit interessiert, wie es Gerüchten dient, insbesondere der angeblichen Affäre mit dem Kulturamtsleiter. Widerlich, dieses Gemunkel hinter dem Rücken." Eva sah jetzt sorgenvoll aus, als sie sich zurücklehnte und fortfuhr: „Ich denke oft an euch beide. Schließlich ist es nicht anständig, wenn eine reife Frau sich in einen jüngeren Mann verliebt, der zudem noch verheiratet ist. Meine Betonung liegt auf „nicht anständig", denn genau das quält mich fürchterlich. Für Martin ist mein Alter kein Hindernis, er ermutigt mich, über jene verstaubte Denkweise hinwegzusehen. Meine mit dem Leben erhaltene, jetzt verinnerlichte Moral ist mein Richter. Solange sich alles im vorgegebenen Rahmen befindet, spüre ich ihn nicht. Aber sobald ich die Grenze überschreite, kommt er hervor, demütigt mich, verachtet und verurteilt mich." Ihre Ellbogen auf die Tischplatte gelehnt, faltete Eva die Hände: „Dass ihr beide zusammenbleiben wollt, beruhigt mich, ansonsten würde ich mich zurückziehen. Die Belastung könnte ich nicht tragen."

Susanne hatte Eva aufmerksam zugehört und erklärte, nicht mehr mit Martin wie früher leben zu wollen. Zuviel ist geschehen, das uns veränderte." Erleichtert, es über ihre Lippen gebracht zu haben, wurde Susanne leiser in ihrer Tonlage und äußerte noch etwas unsicher, dass ihr die gegenwärtige Unruhe lieber war als die vergangene ruhige Zweisamkeit. „In den letzten Jahren war es oft einsam. Schön war es, wenn andere Leute hinzukamen, und daher frage ich mich, warum ich an einer Zweierbeziehung festhalte. Na ja, vielleicht, weil es alle tun. Im Grunde genommen geht es mir wie dir, ich möchte auch mit vielen Menschen leben und nicht mehr mein Glück von einer Person abhängig machen." Susanne atmete tief durch und lächelte Eva an: „Ich freue mich, dass es so gekommen ist. Endlich kann ich mal sagen, was ich fühle. Ich weiß nicht, wie es weitergeht, aber die alten Bedingungen sind auch nicht mehr meine. Zwar habe ich überhaupt keine Ahnung, wie es praktisch funktionieren kann, doch ich mag dich, ich mag Martin, besser: ich liebe Martin."

Ein bewegender Moment, auch für Eva: „Es rührt mich, ehrt mich, beschämt mich, was soll ich sagen? Wir werden es schon schaffen, wir können schließlich denken und sprechen." Sie schwiegen kurze Zeit, jede fühlte für sich tief im Innern Bewegung, mit der sie ins Gespräch zurückfanden.

„Was aus einem kleinen Zufall alles entstehen kann. Erst war Martin unsere Bezugsperson, und jetzt sitzen wir ohne ihn hier", meinte Eva aufgeräumt.

„Ich hoffe, er wird es verstehen", bemerkte Susanne und wehrte sich gegen das schlechte Gewissen, Martin in dieses Gespräch nicht einbezogen zu haben. Sie hielten fest, dass Transparenz für Beziehungen, ob zu zweit oder dritt, Grundbedingung sein sollte.

„Ja, auf jeden Fall", seufzte Eva, „wir reden immer von dreien, aber ich habe noch meinen Freund in Bologna, der mir sehr wichtig ist. Wir leben bereits einige Jahre in dieser Form. Dass ich mich in Martin verliebt habe, hat mit meinem Freund Claudio nichts zu tun, deswegen liebe ich ihn nicht weniger. Martin weiß es, weil wir uns bei dieser Thematik, ob man nur einen lieben oder gleichzeitig zu mehreren Menschen diese Empfindung haben kann, erst richtig nahekamen."

Richtig nahekamen, stach es Susanne ins Herz, keine Eifersucht, sondern hier war sie, die kleine Privatheit der beiden, die furchtbar schmerzte. Stundenlang also sprachen Eva und Martin über Liebe und Beziehungen, ohne dass etwas bei ihr angekommen war. Susanne drohte an ihrem Kloß im Hals zu ersticken, bis ihr die Tränen kamen, wieder kam sie sich als Anhängsel vor: „Warum weiß ich davon nichts? Warum spricht man nicht mit mir?"

Eva wirkte gefühlvoll auf Susanne ein und klärte die Fehleinschätzung auf. Sie hatte sich auf die allererste Zeit bezogen, wo zunächst nur sie und Martin betroffen waren. „Irgendwann vor einiger Zeit gelangten wir an einen Punkt, da ging es nicht nur uns allein an."

In diesem Zusammenhang berichtete Eva vom umgekehrten Fall, vom Nicht-Loslassen-Können in der gescheiterten Beziehung zu ihrem ersten Mann, der heimlich mit anderen Frauen zusammen gewesen war und sie als große Liebe auf einen Sockel gestellt hatte. Obwohl sie sich nichts mehr zu sagen hatten, verharrten sie Jahre in einer äußerlich vorbildlichen Beziehung, die jedoch inhaltsleer, nur als Gerüst dastand.

Es war spät geworden, und aus einem Kaffee hatte sich ein wunderbarer Abend entwickelt. Bevor sie aufbrachen, bestellten beide noch ein Glas Rotwein, und Susanne griff Evas vorhin gemachten Einwand angesichts ihres Freundes auf, erkundigte sich, wie häufig sie zu ihm flog, wie oft er zu ihr kam. Falls es sich bei seinem nächsten Besuch einrichten ließ, würde sie ihn gern kennenlernen, sie war gespannt auf ihn. Neben der Wirkung des Weines befand sich Eva durch die bewegenden Stunden mit Susanne in Hochstimmung: „Wie wäre es, wenn ihr mich in zehn Tagen nach Bologna begleitet? Claudio würde sich sehr freuen, euch persönlich kennenzulernen. Flüge bekommen wir noch, denn ich fliege Freitag in aller Früh und komme Sonntagnacht zurück. Claudio ist ein Stück von meinem Leben und es wäre schön, wenn ihr ihn kennenlernt." Eva war begeistert und von ihrer guten Idee überzeugt.

„Eins reiht sich ans andere", erinnerte sich Susanne an eine Lebensweisheit ihrer Mutter. Hoffentlich machte Martin ihnen keinen Strich durch die Rechnung, bekanntermaßen war Spontanität nicht seine Stärke. Eva stellte Martins Zusage nicht in Frage und dachte an eine Überraschung für ihn, wenn sie Samstag zusammen bei ihr frühstückten. Dann verabschiedeten sich die beiden Frauen mit einer Umarmung und versicherten sich gegenseitig, wie wichtig dieser Abend für sie beide gewesen war.

26

Als Susanne gut gelaunt zu Hause ankam, hörte sie aus Martins Zimmer leise Musik und klopfte an. Beim Eintreten bemerkte sie, Martin war mehr als schlecht gelaunt, er kochte vor Wut und fauchte sie sofort an: „Was war das wieder für eine Masche von dir? Warum wolltest du dich mit Eva allein treffen? Warum zettelst du so etwas an? Was willst du erreichen?" Er atmete schwer, seine Gesichtsfarbe wechselte von Blassweiß in Hochrot wechselte. Mit zusammengekniffenen Augen ging er auf sie zu und blickte ihr aus einer handbreiten Distanz direkt ins Gesicht: „Meinst du, dass du mir durch eine solche Verhaltensweise imponieren kannst?"

Überrascht von Martins lautstarker Entrüstung, wehrte Susanne weinerlich ab: „Es musste mal sein, aber ich möchte nicht mit dir streiten. Wir haben nicht über dich geredet. Ich wollte einfach ohne dich mit Eva sprechen. Was sollte ich denn machen, du hast mich mit meinen Gedanken und Nöten ..."

Unbeeindruckt fiel er ihr ins Wort: „Du, du, du armes Opfer und ich, der Egoist, der dich allein lässt mit deinen

Sorgen und Nöten! Für wie blöd hältst du mich eigentlich? Du hast mich in den letzten Gesprächen immer erniedrigt. Ich habe alles geschluckt. Jetzt ist Feierabend. Das war der Höhepunkt." Martin, immer noch aufs Äußerste angespannt, ging im Zimmer hin und her, stieß die von Susanne entgegengestreckte Hand zurück. „Lass mich in Ruhe. Widerlich der Gedanke, dass du bei Eva klagst und mich erniedrigst."

Er lief weiter auf und ab, ab und auf. Er zischte, zog seine Augen zusammen und zischte, zischte vor Abscheu: „Habe ich dich nicht in jede Situation mit einbezogen? Stimmt, zu Eva ins Bett habe ich dich nicht mitgenommen. Aber du kannst beruhigt sein, die Verschmelzung unserer Körper hat nicht funktioniert. Wie du siehst, ich existiere noch, ich als Individuum." Dabei fasste er Susanne mit beiden Händen fest an die Schultern und schüttelte sie: „Ich bin noch da!"

Susanne weinte. Dabei war es mit Eva so schön gewesen. Ein weiteres Mal entschuldigte sie sich und begann zu erklären, doch Martin winkte ab und hielt sich kurzzeitig die Ohren zu: „Spar dir deine Erklärungen, dein Verhalten ist nur noch abstoßend."

Susanne sah Martin mit großen Augen entsetzt an, entgegnete nichts, schwieg und hörte ihm zu.

„Du hast mir deine Situation zum Vorwurf gemacht, herumgekrochen bin ich vor dir, damit du zufrieden bist. Immer wieder wolltest du etwas anderes. Der schludrige, bequeme Doofie merkt sowieso nichts, da musst du die Sache in die Hand nehmen und dich hinterrücks an seine Freundin wenden. Nein, nicht mit mir", brüllte Martin sie wütend an, „jetzt kannst du bei Eva anrufen und sagen, dass der Doofie ausgerastet ist!" Schnaufend riss er seine Zimmertür auf und forderte sie energisch auf, hinauszugehen.

Das war nicht Martin, wie Susanne ihn kannte. Geschockt, mit weichen Knien verließ sie schweigend sein Zimmer, wobei die Worte „dein Verhalten ist abstoßend" in ihr nachhallten. Martin hatte gerichtet, ohne ihre Erklärung abzuwarten. Wand an Wand, Zimmer an Zimmer, auf einem gemeinsamen Flur in einer gemeinsamen Wohnung, trotzdem fanden sie nicht zueinander.

27

Die Gedanken, ihre Traurigkeit hatten Susanne nicht zur Ruhe kommen lassen. Früh morgens grübelte Susanne weiter über ihren Fehler, wenngleich es doch möglich sein musste, ohne Martin mit Eva zu sprechen. Die Überlegungen beider Frauen hatten etwas gemein, es war gut für alle.

Martins gestriger Vorwurf, seine Ignoranz ihrer Erklärung bestimmten die heutige Situation. Sie hoffte auf eine Gelegenheit, sich rechtfertigen zu können. Möglicherweise könnte Eva alles richtigstellen, ihr würde er mit Sicherheit zuhören.

Während Susanne joggen war, verließ Martin die Wohnung. Er trank keinen Kaffee, hinterließ keine Nachricht, offensichtlich ging er ihr aus dem Weg und würde wahrscheinlich am Abend nicht nach Hause kommen.

Vorbei war Susannes Kraft, sie weinte, ihre guten Absichten waren von ihm missverstanden worden und alles war zerstört. Sie schleppte sich mit Selbstvorwürfen durch den grauenhaften Tag. Zwischendurch erledigte sie den zeitaufwendigen Einkauf im Supermarkt. Geistesabwesend, kaufte sie heute noch unprofessioneller als sonst ein. Einige Frauen gingen zielgerichtet mit einem Zettel durch jeden Gang, sortierten die Artikel im Einkaufswagen vor und mussten keinen Weg zweimal laufen. In kurzer Zeit hatten sie den Einkauf erledigt, sortierten die Waren ein zweites Mal am Band, packten planvoll ihren Wagen wieder ein, damit es beim Auspacken in die bereitgestellten Faltkörbe zu keinem Stau kam. Beim Bezahlen bedurfte es nur eines Griffes in das Portemonnaie.

Susanne bewunderte die zeitsparende Perfektion und nahm an, dass der gesamte Lebensbereich perfekt organisiert war, eine tadellose Umgebung mit tadellosen Ehemännern. Vielleicht auch noch tadellosen Sex, vor und nach dem man sich reinigte. Obgleich Susanne ordnungsliebend war, mochte sie den Geruch nach Sex und schnupperte an ihrem Körper.

Würde Martin überhaupt noch Sex mit ihr wollen, nachdem er ihr Verhalten abstoßend fand? Jetzt ändere ich es nicht mehr, ich kann mich nur noch entschuldigen und mein Verhalten erklären, resignierte sie. Große Mengen gekaufter Leckereien vertilgte Susanne beim Fernsehen schauen, womit sie die Zeit totschlug und hoffte, dass die Müdigkeit sie irgendwann übermannte.

Der Verabredung mit Eva am nächsten Morgen stand ihrerseits nichts entgegen, allein oder mit Martin. Irgendwann in der Nacht hörte sie die Wohnungstür. Martin war gekommen.

28

Die viele Schokolade am Vorabend half nicht den Kummer zu überwinden. Kaum aufgewacht, weinte Susanne. Soll ich jetzt Angst vor Martin haben, vor meinem Mann? Nein, warum eigentlich? Ich hätte es ihm sagen sollen, das ist richtig, doch dafür kann ich nicht ein Leben lang büßen.

Sie überwand ihre Unsicherheit und ging zu Martin: „Ich weiß nicht, ob du unterrichtet bist, eigentlich wollten wir heute bei Eva frühstücken, daher wecke ich dich."

Martin bedankte sich und beabsichtigte aufzustehen, sobald Susanne im Bad fertig war. Sie trafen im Flur angezogen aufeinander, woraufhin er schweigend den Autoschlüssel nahm und fragte, bei welchem Bäcker sie Brötchen holen wollten. Befangen beschrieb Susanne ihm den Weg und sprach dann äußerst kühl den vorgestrigen Abend an, wobei sie für ihr kurzsichtiges Verhalten um Verzeihung bat.

„Es gibt Handlungen, die sind nicht einfach zu entschuldigen", antwortete Martin.

„Dann darf man niemals falsch handeln, weil es einem bis zum Tode nachhängt. Verstehe ich das richtig?", entgegnete sie.

„Falsches Handeln gibt es nicht, jeder wünscht sich durch seine Handlung ein größeres Wohlergehen. Es fragt sich nur, auf wessen Kosten. Außerdem sehe ich keinen Sinn, alles wieder aufzurollen. Versuch einfach, dich nicht so wichtig zu nehmen. Du bist nur, wenn auch andere sind. Bezieh andere mit ein und lass ihnen einen Raum", empfahl Martin und schwieg einen Augenblick.

Ich bin ein Individuum wie alle anderen und nur zufällig seine Ehefrau, dachte Susanne. Er nahm seine Ausführungen in gelösterer Tonlage wieder auf: „Es hat mich nicht nur fürchterlich geärgert, sondern auch maßlos verletzt, dass du dich hinter meinem Rücken mit Eva verabredet hast. Meinst du wirklich, ich hätte es dir untersagt? Wie käme ich dazu? Du machst mich zum Blödmann."

Augenblicklich quollen bittere, schwere Tränen aus Susanne hervor. Reuevoll suchte sie vorsichtig Martins Hand. Er wies sie nicht zurück. Sie hatte den Eindruck, ihn ein erstes Mal zu berühren, ihn zu spüren. Zwiespältig die Atmosphäre in ihrem alten Volvo, in dem sie jedes Geräusch kannte, doch roch sie nie zuvor den jetzt wahrgenommenen, intensiven, herben Duft gebrauchten Leders.

Martin und sie blickten geradeaus und schwiegen, erst bis zum Bäcker, dann weiter bis zu Eva. Auf ihr Klingeln hin öffnete Eva und rief fröhlich einladend durch die Sprechanlage, dass der Kaffee bereits fertig war. Eva bewohnte eine kleine, helle Wohnung, die durch den Blick über den größten Teil der Stadt an optischer Größe gewann. Im geschmackvoll eingerichteten Wohnzimmer befanden sich neben ihren Bücherregalen ein Schreibtisch, ein dunkelroter Sessel und ein braunes Ledersofa sowie an der Wand zum Flur eine stattliche monochrome Malerei in Gelb. Eva zeigte Susanne den anderen Raum, dominiert von einem großen quadratischen Bett mit vielen roten Decken und Kissen, ähnlich einem orientalischen Lager.

Hier lieben sich die beiden, durchfuhr es Susanne, deren Kehle sich zuschnürte, deren Atem schwer wurde. Augenblicklich von einem Taumel erfasst, fing sie sich mit einem Blick in Evas dunkle Augen. Zudem ernüchterte sie die aus der Küche rufende, bekannte, ungeduldige Stimme: „Ich habe Hunger, ich beginne zu frühstücken." Anschließend hörte sie Martin Kaffee schlürfen und die Zeitung entfalten.

„Susanne komm, lass uns frühstücken", führte Eva sie liebevoll am rechten Ellbogen in die kleine Küche, die aus weißen Schränken, einem runden Tisch und zierlichen Korbsesseln bestand.

Martin hatte die Tageszeitung zur Seite gelegt und kritisierte einen gerade gelesenen Artikel eines Kollegen, während er sich die Brötchen belegte: „An diesem Artikel merkt man seine konservative Provinzialität. Er gibt sich offen, aber ihm fehlt die Weitsicht, weil er nie über Grenzen geht."

„Da stimme ich zu. Das moderne Leben findet man in der Großstadt und nicht hier", meinte Eva, „gerade als Journalist sollte man viel kennenlernen. Wo wir auch gleich bei einem ähnlichen Thema sind. Susanne und ich überlegten uns am Donnerstagabend, dass es schön wäre, wenn ihr mich am kommenden Wochenende nach Bologna begleitet. Was meinst du, Martin? Mit Claudio habe ich bereits gesprochen, er würde sich sehr freuen, euch kennenzulernen."

Martin überlegte, lächelte, schüttelte seinen Kopf leicht und entgegnete: „Ob ich das möchte, weiß ich nicht. Er kommt doch bestimmt demnächst hierher, und dann ist es noch früh genug."

Susanne hatte geahnt, dass Martin nicht zustimmte, obwohl Eva für die Frage einen guten Übergang gewählt hatte.

„Das ist also das Ergebnis vom Donnerstag", schloss Martin, ohne seine Ironie zu verbergen.

Eva übernahm die Antwort, während Susanne sich zurückhielt: „Das kann man so sagen. Ein tolles Ergebnis, oder? Susanne und ich wissen, dass es nicht schön war, dir die Verabredung vorzuenthalten, aber wir begingen ohne böse Absicht diesen Fehler und daher ist er sicherlich zu verzeihen. Martin, wie du bereits bei dem Kollegen anmerktest, man muss hier mal raus und was anderes sehen. Ich finde, Bologna ist etwas anderes und bietet sich an. Du kannst es dir überlegen. Wir …", Eva lächelte Susanne an, die den Satz selbstsicher ergänzte: „… fliegen auf jeden Fall nach Bologna." Eva gestand Martin mit leuchtenden Augen Bedenkzeit zu, doch betonte, sich seine Begleitung zu wünschen. Sie konnte sich eine gemeinsame Kurzreise gut vorstellen.

29

Ungeklärt blieb, worauf Martins Entscheidung letzten Endes zurückzuführen war. Vielleicht hatte es Evas Lächeln ausgemacht oder er wollte Susanne nicht allein lassen. Mochte ihm klargeworden sein, dass die Begegnung mit Claudio, Evas Freund, unumgänglich war? Jedenfalls entschied Martin sich für die gemeinsame Reise nach Bologna.

Gespannt auf Claudio, auf die große Stadt, auf die fremde Situation, gab Susanne sich ganz und gar ihrer Vorfreude hin. Schnell verging die Woche mit Arbeiten, Volkshochschule und Vorbereitungen. Martin blieb eine Nacht bei Eva, an zwei Abenden waren sie zu dritt, hatten gemeinsam gegessen und viel erzählt. Susanne war erstaunt, wie ihre Erlebnisse, ihre Annahmen oft mit denen von Martin und Eva übereinstimmten und zu einer gemeinsamen Erfahrung wurden.

Als sie im Flugzeug nach Bologna in einer Reihe aus drei Sitzen nebeneinander saßen, war Martins Unbehagen nicht zu übersehen. Sicherlich plagte ihn die in die Wiege gelegte, bisher schlummernde Moral, die sich giftig gegen ungewohnte Wege sträubte. Eine furchtbare Qual, die Konkurrenz, dachte Susanne und berührte kurz seine Hand, um ihm stillschweigend Mut zu machen. Da muss er durch.